http://www.bbulmedia.com

http://www.bbulmedia.com

귀환! 진유청!

귀환! 진유청!

1판 1쇄 찍음 2013년 6월 10일
1판 1쇄 펴냄 2013년 6월 13일

지은이 | 로 토
펴낸이 | 정 필
펴낸곳 | 도서출판 **뿔미디어**

편집장 | 이재권
기획 · 편집 | 심재영
편집디자인 | 이진선
관리, 영업 | 김기환, 임순옥

출판등록 | 2002년 9월 11일 (제1081-1-132호)
주소 | 부천시 원미구 상3동 533-3 아트프라자 503호 (우)420-861
전화 | 032)651-6513 / 팩스 032)651-6094
E-mail | bbulmedia@hanmail.net

값 8,000원

ISBN 978-89-6775-341-2 04810
ISBN 978-89-6359-513-9 04810 (세트)

※파본은 구입하신 서점에서 교환하여 드립니다.

귀환! 진유청!

16

절정(絶頂)!

로토 신무협 장편 소설

뿔미디어

목차

第一章

축객(逐客)!

"운인각 각주로는 셈은 좀 약하더라도 인망이 두텁고 무림맹 하급 관리부터 차근차근 관록을 쌓아온 사마경이 좋겠군."

종이 뭉치 맨 앞부분부터 시작해 한 장 한 장을 꼼꼼하게 읽어 내려가던 진호철이 중얼거렸다.

운인각은 무림맹 내 상주하는 하급 무사들과 관리들을 위해 이번에 새로이 만들어진 부서로, 총관부와도 긴밀한 연관이 있어 내부 사정을 잘 알고 알력이 생기지 않도록 유하게 일 처리를 할 수 있는 인물 선정을 위해 다 같이 고심하다가 마지막 결정만이 남아 있던 상태.

잘한 선택이라 확신할 순 없겠지만 일단 결심을 굳히고

나니 속은 편해졌다.

"그럼 내부 인선은 이걸로 대충 마무리 지어진 건가?"

다행이라면 다행히도 인의회나 이가연합이 무림맹 내 업무에서 손을 뗀 지 제법 됐던 터라 그들의 빈자리는 크지 않았다.

그들이 오래전부터 심어 두었던 인사들을 뿌리 뽑는 건 쉽지 않았지만 말이다.

진호철은 피곤한 얼굴로 손에 들고 있던 종이 뭉치를 탁자 위에 내려놓았다.

조금 쉬었으면 좋겠지만 그럴 여유도 시간도 나지 않았다.

현재 무림맹 수뇌부는 내부 분열의 상처가 여실히 드러나 있는 무림맹을 정상적으로 움직이기 위해 숨 가쁘게 달리고 있었고 진호철은 그 최정점에 선 무림맹주였으니까.

아주 오랜 시간 동안 공석이었던 그 자리가 진호철로 인해 채워졌고 그곳은 마치 꼭 맞는 옷을 입은 것처럼 그에게 들어맞았다.

그는 이제껏 무림맹에 기생해 왔던 거대 문파의 그 누구도 해내지 못했던 걸 태연히 해내며 그를 맹주 위에 올린 이들의 기대를 저버리지 않았던 것이다.

패도적인 무공으로 주위를 압박하거나 뛰어난 머리로

큰 이득을 주지는 못하지만 누구나 신뢰에 가득 찬 눈으로 바라보고 존경할 수 있는 사내.

여러 사람들의 이상 속에 만들어졌던 꿈이 현실화된 거 같은 지금의 무림맹에 가장 필요한 상징적 존재로……

권리를 누림보다 책임의 무거움을 알고 의무를 성실히 수행함으로 만족감을 얻을 수 있는 사람이었다.

물론, 당사자인 진호철은 절대 그렇게 생각하지 않았지만.

"어쩔 수 없이 받아들이긴 했지만 마무리만 되면 어떻게든 떠넘겨 버릴 테다."

이를 득득 갈며 다짐하는 모양새가 심상찮다.

"들어가도 되겠습니까?"

밖에서 들려오는 진이현의 목소리가 더할 나위 없이 반갑게 들리는 것 또한 같은 이유.

눈치 빤한 유청이가 귀찮은 일을 덥석 받아 줄 리 만무하니 정 주위에서 모르는 척 외면하면 그땐 골치 아픈 맹주직을 떠넘길 마지막 보루로 삼을 수 있을 만큼 믿음직한 맏아들이지 않나.

"들어오너라."

"네."

집무실 안으로 들어오며 대답한 진이현의 무심한 눈빛 한편에 떨떠름한 기운이 감돌았다.

자신이 들어서자마자 다 죽을 거 같은 표정을 지으며 어깨를 축 늘어트리는 아버지 때문이다.

"이러다 제 명에 못 죽지 싶구나."

"염려 마십시오. 얼마 만에 맞이한 맹주님인데, 의약전에서 절대 그리 쉽게 보내드리진 않을 겁니다."

새 맹주에게서 막중한 업무에 쓸 정심한 내력은 기대할 수 없다고 판단했는지 맹주 취임을 축하하기 위해 천하 각지에서 들어온 갖가지 영약과 약재들로 몸에 좋다는 건 다 만들고 있다지 않던가.

"이거, 원. 고맙기도 해라. 아무래도 저들이 네 아비의 뼛골까지 싹싹 긁어먹을 작정인 모양이다."

진호철이 고개를 설레설레 저으며 대답한 뒤 농은 여기까지라는 듯이 자세를 바로 하고서 아들과 눈을 마주했다.

"그래, 무슨 용건이더냐?"

"혈사방 사신들을 배웅하기로 한 시간입니다."

만약, 그게 배웅이 맞다 한다면 말이다.

"아, 벌써 그렇게 됐던가."

진호철이 부스스 자리에서 일어났다.

진이현은 익숙한 듯 먼저 문을 열고 밖으로 나가 옆으로 몸을 비켜섰다.

그의 뒤로 진호철이 햇빛 아래 모습을 드러내자 갑자기 주위 공기가 요동쳤다.

"맹주님을 뵙습니다!"

주위를 삼엄하게 경계하고 있던 무사들이 허리를 접으며 크게 외쳤다.

한두 명도 아닌 수십의 무사들이 깎은 석상처럼 같은 동작을 취하며 무게를 더하니 장관이다.

"자네들이 고생이 많군."

어찌해 과도한 예법이 맹주의 위엄을 살리는 수단이 될 수 있냐며 뭐든 지나친 것은 번거롭고 분위기만 경직시킬 뿐이라 고사했던 진호철도 이젠 제법 익숙하게 받아들이게 된 상황.

불필요해 보이더라도 높은 자리에 있는 존귀한 이를 떠받드는 여러 방법들엔 다 그만한 이유가 있다며, 특히나 출신 상관없이 누구에게나 친근하게 다가서는 진호철이기에 더욱더 이런 형식적인 게 필요할 수도 있다는 청운자의 조언도 한몫했다.

스스로를 낮추는 맹주의 품성은 훌륭하지만 그로 인해 누구나 쉽게 보게 되는 주인이라면 문제가 있지 않겠나.

그러고 싶어도 그럴 수 없게 맹주 스스로도 그를 대하는 다른 이들에게도 그가 가진 위치에 대한 경각심을 갖게 해주는 수단은 필요했고, 그게 맹주의 힘을 떠받드는 요소 중 하나가 될 수 있을 거라는 판단은 결코 틀리지 않았으리.

천천히 걸음을 옮기던 진호철이 한 걸음 뒤에서 걸어오는 진이현을 돌아보지도 않은 채 입을 연다.

"남궁 대공자는 여전하고?"

진이현은 침묵으로 긍정했다.

오늘 아침에도 그가 발작을 일으켜 자해를 하다 기절한 뒤에야 겨우 조용해졌다는 보고를 받았으니까.

"그쪽은 안휘에서 사람이 와야 완전히 마무리가 지어지겠구나."

"삼공자도 동행할 거 같습니까?"

그랬다간 유청이 녀석이 난리가 날 텐데.

"모르지. 지금껏 뒷전에 물러나 있던 가주가 나서서 전적으로 힘을 실어 주고 있으니 무림맹에 후계를 제대로 소개할 기회를 그냥 지나칠 이유는 없으니까."

다만 한 가지.

남궁혁 본인이 싫다고 하지만 않는다면.

진호철 생각엔 남궁혁이야말로 둘째가 파르르 떠는 거랑은 비교도 안 될 만큼 서로 얼굴 맞대길 질색할 거 같았다.

왜 아니 그렇겠나.

그나마 이리 풀렸으니 망정이지 아니었다면 제갈세가보다 더하면 더했지 덜하지 않은 처참지경이 펼쳐졌으리라.

"그 점에 대해선 오현이의 공을 백 번 치하해도 모자랄

거 같습니다."

진이현이 진심으로 말했다.

남궁혁의 진득한 살기가 상방 오호에 머물며 조금이나마 옅어져 지금에 이르렀다는 걸 아는 사람은 안다.

당연히 진호철로서도 무조건 동의하는 바였지만…….

"영이가 조금 욕심을 부려 줬으면 좋았을 텐데."

제갈영이, 최악의 패륜이란 형태로 최고 수뇌부를 한꺼번에 잃은 제갈세가의 소가주가 돼 그곳을 안정시켜 줬으면 한 거다.

"맹주님께서도 못하시는 걸 남에게 바라지 마십시오."

등 뒤에서 들려오는 가차 없는 말에 진호철이 어깨를 축 늘어트렸다.

"그건 그렇지."

"그렇게 아까우십니까?"

"아니다. 애초에 내 것이 아닌데 아깝고 말고 할 자격이 어디 있겠느냐. 그렇다고 맹주가 될 사람이 제 입으로 뱉은 말을 그냥 한 번 해 본 소리라며 농으로 눙치는 것도 모양 빠지는 일은 마찬가지일 테지만."

그리고는 불쌍한 척 고개를 돌려 진이현을 물끄러미 응시했다.

"……그녀 때문에 그러십니까?"

"꼭 짚어서 그렇다고 볼 수 있지. 암, 그렇고 말고."

이거야말로 기다렸던 질문이었기에 진호철은 즉각 긍정해 줬다.

그것도 아주 강하게.

"염려하실 필요 없습니다. 아무리 그녀가 주인 잃은 빈자리를 욕심낸다고 해도 그녀는 남궁세가에서 실각한 대공자의 사람. 세심각주 제갈인이 제갈세가의 가주가 된다고 해서 그녀가 후사를 잇게 될 일은 없을 것입니다."

아무리 진창에 처박혔어도 본가가 궤멸되지 않은 이상 제갈세가는 언제라도 재기할 기회를 엿보며 웅크리고 있을 것이고, 그런 자기들에게 걸림돌이 될 가능성이 있는 것들은 이전보다 더 냉혹하게 잘라 버리지 않겠나.

흉하게 얼룩진 선대의 상처를 지우기 위해서라도 새로운 후계는 고르고 골라 가장 흠잡을 곳 없는 이를 세우고 싶을 테니 말이다.

동심회란 뒷배를 가진 제갈영이라면 모를까, 제갈미미로는 판을 뒤엎을 힘이 없었다.

"하지만 그녀는 정말이지 필사적이란 말이야."

"옳지 않은 방법으로 노력해 봤자 좋은 결과가 나올 거라곤 생각지 않습니다."

"정말 그렇게 생각하느냐?"

"네."

진이현의 눈엔 한 점 거짓도 깃들어 있지 않다.

옛날 그 언젠가 소림이나 다른 거대 문파의 무공이 아닌 진가장의 것을 발전시켜 천하를 움직일 거라 했던 시절과 조금도 달라지지 않은 확신에 찬 곧은 시선.

"그렇다면 절대로 틈을 주지 마라. 더 이상 망가질 여지를 없애 주어라. 당장은 잃어버린 걸로 인해 괴로울지 몰라도 다 놓쳐 버린 건 아니라는 걸, 살아만 있다면, 지금 이대로 버텨 내기만 한다면 알 수 있을 때가 오지 않을까."

자신들이 베풀 수 있는 유일한 배려가 이것뿐이라면 자존심 강한 제갈미미는 혀를 깨물고 죽으려 들지도 모르지만…… 진실이다.

강자의 미덕 중 하나가 섣불리 건드릴 수 없게 하는 힘의 과시라면, 글쎄.

예전이라면 이해할 수 없었을 것이다. 물론, 현재는 반대로 너무나 잘 이해가 돼 마음이 아릴 정도지만.

"새겨 두도록 하겠습니다."

진이현이 대답했다.

그리곤 머릿속으로 철혈대 중 당장 손이 빈 이들을 떠올려 셈한 다음 남궁세가와 제갈세가 쪽으로 한 줌 집어 올렸다.

진호철은 아들이 혼자 생각에 잠긴 듯하자 방해하지 않으려 가만히 소리를 죽여 가며 발을 내디뎠다.

두 사람이 걸어가자 마주치는 이들마다 분분히 몸을 뒤로 물리며 허리를 굽혔다.

그렇게 얼마나 갔을까?

갑자기 등 뒤에서 느껴지던 이현이의 서늘하면서도 묵직한 기척이 온화하게 누그러지는 게 아닌가!

아아.

진호철은 피식 웃었다.

곧 눈앞에 펼쳐질 광경이 눈에 선했기 때문이다.

"아버님, 형님! 여기예요!"

저 봐라.

손을 흔들며 크게 외치는 목소리. 열여덟인데도 아직 앳된 소년같이 순수하고 장난기 가득한 얼굴.

진가장 장주와 소장주가 아닌 무림맹주와 철혈대주가 가는 길 끝엔 뭐가 있을까, 하고 아들과 자신이 나눠야 할 대화도 앞으론 이렇게 재미없고 우울하기만 하면 어쩌나 했었는데.

"왜 이렇게 늦게 오셨어요? 하마타면 두 분 없이 움직여야 할 뻔했잖아요."

핀잔을 주며 구시렁대는 유청을 보니 진호철은 안심이 됐다.

괜찮을 거다.

이 아이가 있으니까.

자신들도 동심회도 무림맹도, 그리고 천하(天下)도.

어디로 걸어도 그 끝에선 이 아이가 반겨 주며 손을 내밀어 줄 테니 자신들을 기다려 줬을 녀석에게 부끄럽지 않게 최선만 다한다면 빗겨 나갈 일은 없을 것이다.

"준비가 다 됐나 보구나."

아버지의 물음에 진유청의 입꼬리가 삐죽 말려 올라갔다.

따로 대답이 필요하지 않을 만큼 심술궂은 얼굴이 진호철의 앞에 그려졌다.

"혈사방과 우리가 우호적 관계가 아니라곤 하지만 이곳에서 소방주를 잃고 맹 내의 불미스러운 일에 휩쓸리신 데 책임을 통감하고 유감을 표합니다."

진호철은 진중한 태도로 최대한 그들을 자극하지 않기 위해 노력했으나 별 효과는 없는 듯했다.

혈사방 사신단의 책임자라 할 수 있는 섬전쾌수 기덕진의 이 가는 소리가 연신 울려 퍼졌기 때문이다.

하긴, 이런 상황이라면 굳이 난폭하기로 소문난 혈사방 소속이 아니더라도 화를 참기가 어려울 터.

도무지 이해할 수 없는 상황으로 속이 갑갑하고 머릿속이 터져 나갈 거 같았으니까.

기덕진은 주위를 휘휘 둘러봤다.

없다. 확실히 없었다.

이곳에 머물며 완전히 눈에 익혔던 무림맹 수뇌부 중 많은 수가 사라졌다.

게다가 맹 내에 흐르는 공기 또한 완전히 달라졌으니.

무림맹 내부에 곧 커다란 사건이 터질 거란 건 기덕진도 이미 알고 있던 바였다. 하나 거기에서 자신들이 이토록 배제될 거라곤 예상치 못했다.

자신들은 무슨 일이 있었는지도 알지 못하는데 저들은 자신들이 정신을 차리기 전 완전히 마무리를 지을 요량인지 무림맹 내부에 큰 문제가 생겼으니 외부인은 이만 돌아가 달라는 껍데기만 정중한 축객령을 내렸다.

핑계야…… 적대 단체에 자신들 내부 문제를 내보일 수 있는 데다 균열을 획책한 불온한 무리의 잔당이 아직 남아 있는 상태이다 보니, 그들이 혈사방 사신들에게 위해를 가해 혈사방과 무림맹의 전면전을 유도할 수도 있다는 것이었으나……

진짜 그럴까?

"제길!"

헛소리다.

세 살짜리 어린애도 믿지 않을 이야기인 것이다.

피곤했는지 까무룩 정신을 놓은 채 잠들었다 깬 그 하루, 그날을 기점으로 새 판이 깔렸다.

자신들 정도의 고수가 적진에 오래 머물렀다곤 해도 경계를 푼 채 기절하듯 쓰러졌다 깨어났다는 거 자체가 벌써 음모의 냄새를 풍기고 있었다.

하나 기덕진과 혈사방 무리들의 머릿속이 얼마나 헝클어져 복잡하건 간에 상관없이 진호철은 제 할 말만 이어나갔다.

"귀방 소방주의 죽음에 대한 책임을 회피할 생각은 추호도 없고 거기에 따른 조사도 계속될 것이니 이만 돌아가서 결과를 기다려 주십시오."

"그간 당신들을 믿고 기다려 달라 했던 건 다 간악한 속임수로 결국 시간만 끌다 우릴 이렇게 내보내려는 수작이었음이 드러났습니다. 우리 혈사방과의 전면전은 각오하신 겁니까?"

기덕진이 살기를 뿜어내며 진호철을 직시했다.

채챙!

진이현을 비롯해 청운자가 검을 뽑고 맹주의 앞을 가로막아 그를 보호하려 했으나……

"괜찮습니다."

나직하고 부드러운 음성에 동작을 멈췄다.

자기보다 강한 이의 기운에 직접적으로 노출됐음에도 안색이 조금 나빠졌을 뿐 여전히 여유롭고 당당한 모습으로 서 있는 진호철이었다.

그는 기덕진의 눈빛을 피하지 않고서 입을 열었다.

"굳이 이 문제로 혈사방에서 싸움을 걸어온다면, 피하지는 않겠습니다."

언제나 가장 피를 적게 보고 희생을 줄이는 방법으로 사람들을 이끌던 동심회와 그 수장이었던 자가 하는 말이라곤 생각할 수 없었지만…… 모두가 똑똑히 들었다.

진호철은 잠시 숨을 멈춰 주위 사람들의 이목을 다시 한 번 집중시킨 다음 이어 말했다.

"그렇지만 그와는 별개로 우린 계속 혈사방 소방주 살해 사건과 관련된 흉수를 찾는 걸 멈추지 않을 겁니다. 여러분이 있다고 해서 진실을 규명하는 데 도움이 되는 게 아니고 맹 내의 상황이 급변하고 있으니 다른 곳에서 기다려 달라는 거지, 진실을 외면하려는 게 아닙니다. 우리는 찾아내고야 말 테니까요. 보이는 것보다 깊숙이 숨겨져 있는 진짜 원흉, 말입니다. 이것은 희생자가 혈사방의 소방주라서가 아닙니다. 무림 문파들의 싸움에 휩쓸려 아직 채 피워 보지도 못한 어린잎이 시들어 버렸으니, 거기에 있어서의 책임은 우리 어른들 모두의 것. 무림에서 살아가는 무림인 중 한 사람으로서 저 또한 자유로울 수 없기 때문입니다."

적과 나를 구분하지 않고 자파의 이익을 생각하지 않은…… 사람이 사람으로서 하는 얘기다.

무림맹은 저 사람이 자신들의 맹주란 것에 대해 자랑스러워해도 좋으리.

뭐, 혈사방도들에까지 그것을 강요할 수는 없겠지만.

낯빛이 붉으락푸르락해진 기덕진은 자랑스러운 혈사방도로서 한 번도 자신의 위치에 대해 실망한 적이 없었건만 무림맹에 온 뒤로 자신이 너무 하찮아진 거 같아 참을 수가 없었다.

무림맹은, 아니, 동심회는 혈사방과의 싸움을 원하진 않았으나 그렇다고 자신들을 두려워하지는 않는다는 걸 알게 됐다.

이제 어쩐다?

아무런 소득도 없이 쫓겨나 돌아갈 수는 없는 노릇.

저번처럼 죽을 작정으로 싸움을 건다 해도 유수한 거대 문파의 장문인에 철면검객까지 있는 무림맹 인사들은 가벼이 자신들을 제압해 또다시 상황을 원점으로 돌릴 텐데.

잠시 고민하던 기덕진의 눈가에 악독한 빛이 스치며 그가 몸의 기운을 서서히 끌어 올리려 할 때.

"가끔 무림엔 뜻대로 일이 안 풀렸을 때 자결해서 자기들 문파에 유리한 쪽으로 흐름을 이끌려는 사람들이 있는데…… 그거 참 나쁜 행동이에요. 그렇죠, 아버지?"

진유청이 끼어들었다.

"물론이지. 뜻을 품은 자로서 대의를 위해 목숨을 건다는 건 쉽지 않은 일로 칭송받아 마땅하지만, 사내로서 장엄히 죽을 수 있는 기회란 게 쉽게 올 리가 없지. 그 순간은 자신이 목숨을 버리는 게 아니라 자신의 목숨을 바쳐 세대가 이어져 나갈 징검다리의 한 축이 되는 것이니 말이다."

"네. 그래서 말예요. 저는 만약 적진에 뛰어들어 본보기 겸 과시용으로 제 아까운 목숨을 허비하려는 사람들이 있으면요, 죽기 직전에 기절시켜서 꽁꽁 묶은 다음에 수레에 실어서 자기네 문파로 돌려보낼 작정이에요. 죽든지 살든지 지네 문파에 가서 알아서 하라고요."

친하지도 않은 놈들이 시커먼 속으로 남의 집에 기어들어 와 뭉개고 앉아 있는 것도 겨우 참았는데 막판에 똥오줌까지 갈기는 걸 어찌 그냥 넘어가 줄 수 있으랴.

진유청 자신은 그렇게 가슴이 넓지 않았다. 아니, 오히려 좁다 못해 한 줌 손에 잡혀질 만큼 가늘고 연약하지. 암, 그렇고 말고.

등 뒤로 손가락을 세워 하나씩 접어 가며 수하들에게 자기 의지를 전하던 기덕진이 움찔해 몸을 굳혔다.

자신이 기운을 극한으로 끌어 올린 다음 몸을 폭사시키며 무림맹 인사들 사이로 뛰어들면 수하들도 자신과 같은 행동을 취해 보복을 단행하려 했는데……

저 소악마가 눈치를 챈 듯.

기습은 적들이 예상치 못했을 때 행해져야 하는 것. 만약 그렇지 못하면 아군의 피해가 몇 배로 되돌아온다.

기덕진은 자신들이 조금만 더 낌새를 풍기면 진유청이 바로 실력 행사에 들어갈 거라는 걸 느꼈다.

천하의 혈사방 소속 당주인 기덕진에게 경고를 하는 거다.

어설프게 움직였다간 어떤 험한 꼴을 보게 될지 알아서 하라고!

머릿속에 선명히 그려지는 패배의 모습이 기덕진을 감히 움직일 수 없게 했다.

생각해 보라. 자결도 하지 못한 채로 기절해서 혈사방 정문 앞에 버려지는 자신들의 모습을.

그건 정말이지…….

꿀꺽.

기덕진이 마른침을 삼켰다.

우두머리의 기세가 꺾이자 휘하 무사들의 동요는 더욱 커졌다. 등을 쏘는 웅성거림에 기덕진은 마지막 안간힘을 써 본다.

"소방주의 살해 사건의 진상은 무림맹의 의사를 받아들인다 해도 장보도는 어찌할 작정입니까? 애초에 우리가 여기 온 건 혈사방의 물건을 되돌려 받기 위해선데."

그놈의 장보도.

진유청으로선 지긋지긋한 그것.

"장보도에 관한 책임을 맡고 있는 제갈세가의 최고 수뇌부에 문제가 생긴 터라 현재로선 확인이 불가능합니다. 우리에게 의무가 있는 건 아니지만 맹에서 안타까운 일을 당하신 소방주가 맡은 임무였던 걸 감안해서 찾게 된다면 혈사방으로도 연락은 드리도록 하겠습니다. 혈사방에서 그걸 빌미로 전쟁을 일으키거나 무림맹 내부를 샅샅이 뒤져 찾아낼 작정이 아니라면 예의 소방주의 건과 마찬가지로 좀 더 기다려 주시기 바랍니다."

진유청이 차분한 어조로 말했다.

일목요연하고 적절한 대답임이 분명했지만 생떼를 쓰며 부리는 억지를 어찌 당해 낼까.

위기에 몰린 기덕진은 어떻게든 꼬투리를 잡은 다음 틈을 벌여 반격의 기회로 삼아야 했다.

하나 진유청이 다 넘어온 먹이를 놓아 줄 리가 있겠는가. 녀석에겐 쐐기를 박을 결정적 한 방이 더 있었다.

진유청은 숨을 크게 들이마신 기덕진이 입을 열기 전에 재빠르게 주도권을 가로챘다.

"근데 여러분만 혈사방으로 돌아가실 거예요? 다른 동료들은 어쩌시고요?"

무슨 뜻이냐는 것처럼 기덕진이 진유청을 바라보자 녀석이 천진하게 눈을 깜빡거린다.

"총관부에 있던 여러분 동료들 말입니다. 에이, 뭘 또 아무것도 모른다는 듯이 그러세요?"

"무, 무슨 소리냐!"

이번에야말로 완전히 넘어간 기덕진이 부르르 몸을 떨며 외치자 진유청은 아무렇지도 않게 대화를 반전시켰다.

"이만 갈 시간입니다. 무림맹주께서 친히 배웅을 나오셨는데 이 이상 저분을 기다리시게 할 수는 없지 않겠습니까?"

기덕진과 혈사방 무리들은 입을 꾹 다물었다.

그들은 도살장에 끌려가는 소처럼 억지로 발걸음을 내딛는다.

내성을 지나 외성으로 가는 길에 사그라지지 않은 피비린내가 코끝을 스쳐 지나가자 이곳이 결전의 현장이었음을 알 수 있었다.

그리고 외성 정문을 빠져나가는 순간.

"적대 관계이긴 하나 사신단 여러분이 돌아가시는 길이니 무림맹의 영역을 벗어나기 전까진 호위가 필요하시지 않을까 싶긴 한데 무림맹 내부 상황이 좋지 않아 여력을 내기가 어렵습니다. 이해해 주시겠습니까?"

진호철이 대놓고 얘기했다.

무림맹 맹주가 저리 속을 내놓으니 거기다 대고 호위가 필요하다 우길 수도 없는 노릇이고 그래야 할 이유도 없었던 기덕진은, 무림맹이 혈사방 사신들인 자신들을 끝까지 농락하는 거라 여기곤 치를 떨었다.

"됐습니다! 혈사방 무사들은 모두 제 앞가림 정도는 할 수 있습니다!"

부글부글 끓는 속을 억지로 가라앉히며 무림맹주를 향해 인사를 한 기덕진이 수하들을 이끌고 무림맹 외성 정문을 통과해 바깥으로 나왔다.

그그그극!

활짝 열려 있던 문짝이 지면 위를 긁으며 안으로 모이는 소리가 들려왔다. 그리곤,

콰앙!

문이 닫혔다.

그때까지만 해도 기덕진은 진유청이 맹주인 진호철까지 움직여 배웅을 하게 한 이유 중 가장 중요한 게 마지막에 건넨 이야기 때문이란 걸 알지 못하고 있었다.

"아! 앓던 이 하나가 빠져나간 거 같아요."

진유청이 한숨을 크게 내쉬며 말했다.

다른 이들도 얘기는 안 하지만 모두 진유청과 같은 감흥을 느끼고 있는 듯했다.

"저들은 지켜야 할 소방주를 잃고 단독 행동을 하게 된 자기들이 무림맹의 호위를 스스로 거절함으로써, 외성 정

문을 나서는 순간부턴 칼을 되돌려 무림맹을 공격하다가 죽어 나가거나 무림맹 담벼락을 향해 온몸을 날려 머리통을 깨부수더라도 우리에게 책임을 물을 수 없게 됐다는 걸…… 알고 있을까?"

홍개가 진유청을 힐끔거리더니 청운자와 목영을 향해 묻는다.

"당장은 몰라도 이대로 돌아갈 수 없다며 무슨 수든 써 보려 머릴 쥐어짜려 할 때, 알게 되겠지."

청운자가 시큰둥한 어조로 대답했다.

녀석이 해내는 일 하나하나에 놀라는 건 심장에 좋지 않다는 데에 익숙해질 만도 했으니까.

물론 그렇다고 해서 녀석이 한 걸 별 게 아니라는 듯이 생각하는 건 절대 아니지만 말이다.

사실, 혈사방 사신들의 처리는 무림맹 수뇌부에게 상당한 골칫거리이자 압박이라 하지 않을 수 없었다.

무림맹 내분이 일어나기 전엔 그들이 어떻게 거기에 관여할지가, 후에는 그들이 무림맹의 상황을 어떻게 이용할지가 큰 문제였기 때문.

그들을 잡음 없이 내보낼 수 있다면 더없이 좋았겠지만, 그들이 내세운 명분이 소방주 살해 사건의 진상 규명인 이상 무림맹도 그들에게 함부로 손댈 수 없었고.

그들은 그들대로 이원형의 죽음이 준 효과가 아직은 가

시지 않았지만 시간이 흐를수록 사라질 게 뻔했는데 원하는 만큼 실컷 분탕질을 치기 전에 엉덩이를 뗄 마음이 들겠나.

그것도 한 번 나가면 다시 돌아올 수 없는데다, 진유청에게 휘둘려 단물 한 번 제대로 빨아 보지 못한 상황에서 말이다.

기덕진은 깨끗한 척하는 동심회도 무림맹의 세를 깎아먹는 짓은 하고 싶지 않은가 보다 하고 속으로 비웃었다.

하나 진유청은 이미 알고 있는 원흉을 숨겨 힘을 보존하기 위해 오점을 덮고 저들을 내보내려는 게 아니었다.

이번 내란에서 그 일에 가담한 무림맹 세력 중 대부분이 나쁜 짓을 한 대가를 받긴 했지만 이원형의 피 값을 그걸로 뭉뚱그리려 하지 않았다는 의미.

진유청은 이원형에 관해서는 혈사방도 같이 책임을 물어야 하기에 조금 미뤄 두려 할 뿐이었다.

후에, 자연스러운 이치로 꼬였던 게 풀려 나가다 보면 저들이 그렇게 목메어 부르짖던 소방주 살해 사건의 용의자 중 하나인 청성이 연이상단과 관련돼 있고 그들은 또한 혈사방과 줄을 대고 있었음이 언젠간 밝혀질 테니까.

그게 지금이 아닐 뿐.

해서 진유청이 나섰다.

대청소란, 묵혔던 모든 걸 깨끗이 털어 내는 것. 하니,

혈사방 사신들도 그만 치워 버릴 쓰레기에 해당되지 않겠나?

한 가지 문제를 풀어서 두 개, 세 개의 답을 만들어 내는 생산적인 방법을 좋아하는 진유청이니 어련하겠나.

제갈세가와 남궁세가 그리고 중도파가 들고 일어났던 거사 당일.

제갈건은 대담하게도 혈사방 사신들과 함께 사용하고 있는 점창의 처소에서 내란의 첫발을 디뎠다.

만약 있을 사태에 대비해 회의 시작 전이나 회의 도중 동심회가 공격해 오면 동심회가 혈사방 사신들을 공격하는 거라고 덮어씌운 다음 혈사방 사신들을 보호하겠다는 명목으로 정당성을 갖고 혈사방 사신들과 함께 동심회를 상대하려 한 것이다.

혈사방과 전면전을 벌이기 두려운 이들은 대의명분을 갖게 된 제갈건에게 손을 내밀어 주리라.

그러나 제갈건은 대비를 하면서도 그런 일은 벌어지지 않기를 바랐다.

위급한 순간 혈사방 사신들이 어떻게 나올지 확신할 수 없었던 데다 그들이 무림맹 내분을 더욱 크게 벌리려는 속셈으로 제갈건을 궁지에 몰지도 몰랐기에.

다만, 무림맹이 뒤집어졌을 때 위기감을 느낀 혈사방 사신들이 동조해 날뛰다가 동심회의 칼에 쓰러져 주면 참 좋겠다는 것까진 계산해 두었지만.

제갈건은 점창 처소의 문을 열고 나설 때까지만 해도 자기 뜻대로 모든 게 흘러간다고 여겼다.

문틈 사이로 절대 있어선 안 될 요물이, 흉악하기 이를 데 없는 못된 소악마와 눈이 마주치기 전까진 말이다.

하지만…… 사실은 달랐다.

제갈건이 그렇게 믿고 있는 동안에도 세상은 진유청을 중심으로 돌고 있었다.

진유청은 제갈건과 그의 동료들이 점창의 처소에 들기 전 미리 준비한 대로, 동심회에서 무공이 가장 강한 이들과 함께 움직여 혈사방 사신들이 본인들 스스로도 느끼지 못할 만큼 자연스럽게 기절하도록 만들어 그곳을 무덤처럼 조용히 잠재웠던 것이다.

해서 제갈건이 무슨 수를 썼다 해도, 그 당시 어떤 일이 일어났다 해도 혈사방 사신들은 움직이지 않았을 터였다.

그들을 기절시킨 장본인들은 다시 각자 맡은 역할을 위해 이동했지만 장로급 등은 남아서 계속 혈사방 사신들을 감시하며 수면에 필요한 혈을 짚고 약을 흘려 넣어 기절 상태를 지속시켰으니까.

아마 혈사방 사신들이 밖으로 나갔을 때 가장 놀라는 건 자기들 기억에서 갑자기 이틀이 사라졌다는 것일 터였다.

무림맹의 누구도 날짜를 알려 주지 않고 거사 당일부터의 이틀이 지워진 거처럼 행동했으니 맹 내에 머물던 혈사방 무리들이 알 도리가 있겠나.

몸 상태가 이상하니 의심은 가지만 증거는 없을 테고, 설마 이틀이란 시간이 허공으로 날아갔을 거라곤 상상도 할 수 없었을 테지.

그 뒤로는 맹 내에 문제가 생겼으니 사신들을 보호하겠다는 명목으로 점창의 처소를 완벽히 감시해 정보를 얻을 통로를 차단한 채 오늘까지 왔고 말이다.

진유청이 하는 일엔 경천동지할 계략이나 적까지 탄복시킬 지략이 숨어 있는 건 아니지만, 내 사람의 피해를 가장 적게 하고 적이라곤 해도 쓸데없는 희생은 줄일 수 있는 최선의 방책들로 꾸며져 있고.

평범하게 준비한 것들 하나하나가 모이고 묶여 전체를 부드럽고 강하게 이끌어 나갈 수 있게 하는 힘을 갖고 있었다.

"혈사방 사신들도 사라졌으니, 하정기를 비롯해 총관부에 있던 혈사방 간자들은 어이한다?"

진호철이 감옥에 갇혀 있는 한 무리의 사내들을 떠올리며 고민한다.

진유청은 하정기만한 인물이 크게 흔들린 제갈세가, 그

것도 제갈인창도 아닌 제갈건에게 붙는 게 이상했고, 그를 돕는 이들 또한 만만치 않음에 의혹을 느꼈다.

우스운 얘기지만 거대 문파를 중심으로 도는 무림맹에 동심회의 도움을 받지 않고서 독자적으로 움직이는 유능한 이들이 한둘도 아니고 무리를 지을 만큼 될 수는 없었으니까.

그러다 그가 청성의 인물들과 은밀히 접촉해 내분의 규모를 불리는 걸 보고 간자란 걸 확신했다.

혹시나 싶어 거사 당일엔 무진까지 붙여 제갈건 옆에 있던 하정기가 조용히 사라져 어디로 가는지 확인하라 했더니 길을 멀찍이 돌고 돌아 제 무리와 합류해 혈사방 사신들에게 가는 게 발각됐다.

자유로이 무림맹을 헤집게 두어 제 동료들과 뭉치게 한 보람이 있었던 거다.

무진의 말에 의하면 하정기를 쫓다 잠시 한눈을 팔아 길을 헷갈린 덕에 오현의 아버지인 권지묵을 비롯해 함정에 빠졌던 동심회 어르신들 여럿을 구할 수 있었다고 하니…….

만약 그러다 하정기를 놓쳤다고 해도 무진에겐 고맙다 절을 해야 했을 텐데 고 덜떨어진 녀석이 웬일인지 끝까지 뒷심을 발휘해 다시금 추적을 이어 나가 큰 공을 세웠다.

진유청이 소림방장 앞에서 그의 막내 제자 칭찬을 한 시진은 할 용의가 있을 만큼 말이다.

그에 비하면 얼마 전 제갈세가의 본가에서 출발했던 지원군을 돌려보내는 걸로 내란의 맥을 끊는 중요한 역할을 한 무당의 장로분들과 함께 무림맹으로 온 호선이 녀석은 흐음…….

진유청의 이마에 주름이 잡혔다.

호선이는 알려나 모르겠다.

무당의 장문인은 물론 녀석의 아버지가 유청 자신에게 간곡히 부탁했던 일에 대해서.

진유청이 저도 모르게 제 단단하고 각진 무릎을 손바닥으로 툭툭 쓸어 주는데……

"녀석하고는. 무슨 생각을 그리 하느라 맹주님께서 물으시는 데도 대답이 없는 게냐?"

이현 형님의 목소리에 정신을 차리곤 고개를 번쩍 들었다.

아니나 다를까, 주위에 모여 있는 모두가 유청의 입만 바라보고 있었다.

꼭 먹이를 달라 보채는 제비 새끼들처럼 말이다.

머릴 긁적거린 진유청은 아버지가 했던 얘길 떠올렸다. 무슨 얘기더라?

아, 하정기에 관한 거였다.

이야기를 되짚었던 진유청이 생각을 정리했다. 그리곤,

"청성과 마찬가지로 그냥 내보내는 것도 나쁘지 않겠네요."

"아무 제재도 가하지 않고?"

"뭐, 우리가 하지 않아도 누군가는 하겠지요."

혈사방이라든지.

진유청이 언급하진 않았지만 뒤에 숨겨진 이름이 무언지 다들 알 수 있었다.

"안 가겠다고 하면 어찌해야 할꼬?"

청성의 간자들은 그나마 남궁세가에서 온다는 지원 세력과 합류해 기사회생의 기회를 노리겠다는 희망이라도 있었지만, 저들은 나가면 바로 죽을 일만 남았는데 발걸음이 떨어지겠나.

"안 나가겠으면 무림맹 식솔도 아닌 이들을 데리고 있어야 하는 건데 밥값은 하라고 하세요."

정보를 토해 내게 하라는 뜻.

자신들은 굳이 필요한 것도 아니고 억지로 알아내려는 것도 아니니…… 간자로 무림맹을 어지럽힌 죄를 씻고 싶다면 그들은 뱃속 깊숙이 가라앉아 있는 찌꺼기 하나까지 모두 다 자진해서 불어야 할 것이다.

무림맹 중추에 박혀 있던 이들에 비하면 뒤늦게 합류했다 하니 정보를 기대할 수 없었던 청성의 장로들과는 조금 다를지도.

그렇기만 하다면 훗날 무림이 안정됐을 때까지 기다렸다 쫓아내 줄 용의가 있었다.

일단 데리고만 있어도 혈사방이 간자의 존재를 인정하고 반환 요청을 하지는 않을 테니 부담은 없고. 만약 하정기 무리를 죽이러 온다면 그래야 할 만큼 중요한 정보를 그들이 갖고 있다는 뜻이니 열심히 구슬려 볼 작정.

어느 쪽이건 손해는 없을 테니까.

꼭지까지 치고 올라갔던 해가 서서히 이동하고 있음을 확인한 진유청은 아직 오늘 할 일이 남아 있다는 걸 깨닫는다.

"이만 들어가요. 다들 바쁘시잖아요."

녀석이 사람들을 채근하자 홍개가 눈을 가늘게 뜨고 진유청에게 달라붙었다.

"왜? 무슨 할 일이라도 있는 게냐?"

진유청과 같이 있으면 심심할 새가 없고 하는 거 하나하나가 다 무림을 뒤흔들 흉험한 것들이니 어찌 궁금하지 않을까.

"같이 가실래요?"

진유청이 흰 이를 드러내며 홍개를 빤히 바라본다.

홍개는 슬쩍 뒷걸음질 치더니 냉큼 청운자의 등 뒤로 숨었다.

본능이 말해준 것이다.

얼른 튀어! 라고.

진유청은 아쉬운 듯 입맛을 다시더니 빙글 몸을 돌려 아버지와 진이현 사이로 머릴 밀고 들어가 그들의 소맷자락을 잡았다.

"갑시다, 가요!"

녀석이 잡아끌자 두 사람이 걸음을 옮겼다.

진가장 세 부자가 앞장서자 뒤로 동심회 어르신들과 무림맹 인사들이 따라붙었다.

第二章

독아(毒牙)!

"유청아!"

무진이 헤죽 웃으며 두 팔을 벌리자 진유청이 몸을 스르륵 미끄러트려 녀석에게서 벗어났다.

"너는 나한테 꿀 발라 놨냐?"

왜 이렇게 눈만 마주치면 엉겨 붙어, 붙기를.

거지 할아버지랑 얘는 진짜 유청 자신을 너무 좋아해서 큰일이다.

"칫!"

콧잔등을 찡그린 무진이 고개를 홱 돌렸다. 하지만,

"뭐하고 놀았어?"

진유청의 물음에 언제 화를 냈냐는 듯이 헤벌쭉해져서

대답했다.

"진호랑 같이 호선이가 무당에서 지냈던 얘기 들었어. 진짜 오랜만에 만났잖아."

"흐응."

진유청이 무진의 어깨 너머로 시선을 줬다.

앉아 있다 벌떡 일어나 손을 흔든 마진호와 달리 유호선은 미동도 하지 않은 채로 고갤 돌리고 있었다.

명백한 외면, 이랄까.

무림맹에 와 처음 만났을 때도 비슷했다. 눈도 안 마주치고 자기 할 말만 하면서 은근히 진유청을 무시했다.

후우.

길게 숨을 들이마셨다 내보내는 걸로 마음을 다스린 진유청은 그래도 나이 좀 더 먹었다고 금방 발작하지 않고 한 번 더 애써 봤다.

"그날은 정신이 없어서 그랬는지 인사도 제대로 못했네. 학관은 지낼만 해?"

이번엔 끝까지 대답을 들을 요량인지 진유청은 유호선을 빤히 응시하며 물러나지 않았다.

결국 녀석은 시선을 돌려 진유청을 향했다.

하나 그건 진유청의 시위 때문이 아니었다. 그의 곁에서 어찌할 바를 몰라 하며 유호선 자신에게 재촉하는 눈빛을 쏘아 보내는 무진과 마진호에게 신경이 쓰인 탓이다.

자연 입에서 나가는 말투가 고울 리 없었다.

"학관이라…… 그곳의 숙소가 그렇게 재밌게 나뉘어 있다는 걸 진즉 알았다면, 상방 숙소가 내게는 과하다며 굳이 사양할 필요가 없었겠습니다."

생긋 웃는 유호선의 얼굴이 빛 아래 반짝여 아름다웠지만, 글쎄.

마음은 외모를 따르지 못하는 것 같았다.

진유청이 상, 중, 하 중에 상방 숙소를 권한 건 무당에서만 지냈던 유호선을 배려해 특별히 오현이와 잘 지내게 소개해 주려던 건데 도리어 오해를 산 모양.

이런 호의가 오해가 되는 건 동심회 식구들 사이에선 처음인지라 더 유호선의 행동이 눈에 띄었다.

하지만 진유청은 크게 책을 잡진 않았다.

모두가 자신과 같고 누구나 무진이 같고, 아무나 오현이 같아서야 어디 세상이 재미있겠나?

조금 덜 착하고 조금 더 잘난 체하고 조금 많이 못돼 처먹었더라도 가장 중요한 것만 가지고 있고 그게 흔들리지 않는다면야…… 문제 될 거야 없겠지.

"진 공자님, 왜 대답이 없으십니까?"

그래, 사랑스럽고 깜찍하던 막내 동생이 저렇게 개싸가지로 변했다고 해도! 말이다!

"유청이에게 지, 진 공자님이 뭐야…… 호선아?"

"진호 형이랑은 상관없는 일이잖아요."

마진호가 기겁하여 유호선을 말렸지만 유호선은 개의치 않으니, 일부러 노리고 한 게 명백해졌다.

아마 마진호는 그냥 마진호였고 여전히 마진호지만 진유청은 어릴 적 대장이었을 뿐인데 아직도 그때처럼 자기 앞에서 대장 노릇을 하려 드는 것 같아 불쾌했던 걸지도.

"도사 할아버지는 잘 키우겠다고 데려가서 애를 저렇게 만들어 갖고 와?"

진유청은 평소처럼 혼잣말을 중얼거렸지만 유호선에겐 그냥 넘어갈 수 없는 이야기였다.

"감히 무당의 장로를 욕보이시는 겁니까?"

욕보여?

내가? 누굴?

너무 어이가 없던 나머지 즉시 이해가 되지 않았던 진유청이 고개를 갸웃거리자 유호선의 눈가가 찌푸려졌다.

생김으로만 따지면, 진유청이 아는 누구보다 잘나 보였다.

인상을 쓰니 누가 저렇게 예쁘게 그린 그림을 구겨 놨을까 싶어 안타까울 만큼.

하지만 매력이 없다.

냉기가 뚝뚝 흐르는 조각 같은 진이현이나 눈꼬리가 살짝 치켜 올라가 도도해 보이는 오자경 그리고 화사한 기운을 뿜는 정한수 같은, 자기 고유의 성질을 드러내며 사람을 끌어모으는 향기가 느껴지지 않았다.

진유청의 머릿속에 그나마 저와 비슷한 느낌을 고르라면, 흐음.

예전에 학관 시절의 사도진쯤 되겠군. 혹은 그 시절 개방의 소기라든지 말이다.

겉보기엔 멋들어지게 자란 나무 같지만 적당히 흔들면 뿌리가 들썩일 만큼 휘청거렸다.

튼튼한 씨앗을 열심히 고른 흙바닥에 뿌린다고 해서 다 예쁜 싹이 나는 건 아닐 테지만 그게 유호선이라면 너무 속상하지 않은가.

그래도 진유청은 참기로 했다.

바로, 그래서. 저 녀석이 유호선이니까.

보이는 것과 다른 좋은 점이 나쁜 점보다 잔뜩 있을 거라 기대하기로 한다.

하나 당사자인 유호선이 도움을 주지 않으니 이 일을 어쩐다?

"형님 되시는 철면검객의 덕을 참 많이 본다고 들었는데 아직도 어린 시절에서 벗어나지 못하고 억지를 부리시면 앞으로 거대 세가들을 제치고 무림 최대 명문가가 될 진가장에 폐가 되지 않겠습니까?"

아무래도 무당에선 무림에 나와 활동한 이들이 정해져 있고 그 수도 적다 보니 들려오는 이야기만으로 이런저런 상황을 예측하다가 결국, 무림맹의 수많은 명숙들이 그랬듯이 혹은 황궁의 용 새끼나 혈사방의 혓바닥 붉은 뱀이 그런 것처럼…….

진유청 자신에 대해 편견을 갖고 제멋대로 재단해 오려붙인 다음 몰아붙이고 다르면 다르다고 화를 내려는가 보다.

저, 유호선이.

어린 사절의 귀여운 막내 동생이.

"아무래도 이러다 나 또 삐뚤어질 거 같아."

진유청은 양손으로 머릴 쥐어 싸맨 채 중얼거렸다.

유호선이 계속 저러면 성질 돋우는 짜증나는 세상보단 재미없는 세상이 더 나을 거 같다고 확 변심해 버릴 거 같았으니까.

아까까지만 해도 무륜을 갈고닦으며 실력 발휘를 해 볼까 싶었으나…… 완전히 의욕 상실이다.

진유청은 시무룩한 표정으로 시선을 내리깔더니 자신을 응시하는 세 사람에게서 멀어졌다.

"같이 가!"

무진과 진호가 유호선을 못마땅하게 째려보더니 진유청

에게로 갔다.

소림과 개방이 가장 우호적이어야 할 무당 출신인 자신을 놔두고 미련 없이 사라지자 당황했는지 유호선은 웬니로 아랫입술을 지그시 깨물었다.

“호선이가 무당에 간 이후 산에서만 살아놔서 아직 세상이 낯설어 그래. 원래 저런 애 아니잖아.”

“그래, 그래.”

진유청은 어떻게든 대신 변명을 해 주려 머릴 쥐어짜는 마진호가 안쓰러워 그냥 고갤 끄덕여 줬다.

“그래, 는 무슨 그래야. 아까부터 유청이 너 눈이 안 웃고 있는데.”

무진이 턱 끝으로 진유청의 눈가를 가리켰다.

하여간, 요 녀석은 정말.

진유청은 대답 대신 무진의 반들거리는 머리통을 손바닥으로 철썩 내려쳤다.

그냥 한 번 넘어가 보려는 자신의 노력을 무시한 벌이다.

받아들이는 쪽에선 그렇게 생각하지 않는 거 같았지만.

무진의 눈초리가 살큼 치켜 올라가자 마진호가 얼른 끼어들었다.

“싸우지 마. 그런 걸로 싸울 때 아니잖아.”

마진호에게도 유호선의 변화가 충격적이긴 했던 듯.

소방주 사건 이후 한층 짙어진 음침함 위로 어둠이 한 겹 더 내리깔렸다.

"좀 놔둬 보자. 너희들 말대로 정말 어색해서 그런 걸 수도 있으니까."

진유청이 마진호와 무진의 어깨에 양팔을 뻗어 걸치며 얘기했다.

"그치? 그러다 보면 유청이 네가 다시 좋아질 거야. 다들 그러잖아."

마진호는 희망이 아닌 확신을 갖고 있었지만……

조금 난감한 표정을 지은 진유청은 맞장구쳐 줄 수가 없었다.

그러다 완전히 틀어졌다가 아주 엉망으로 인생이 꼬이게 된 꽤 많은 수의 사람들 얼굴이 눈앞을 스치고 지나갔던 것이다.

그들과 성격 나쁜 진유청이 이런 중에도 미워하고 싶지 않은 유호선을 비교하긴 어렵겠지만 말이다.

하긴, 생각해 보면 유호선은 자신들과 보냈던 것보다 긴 시간을 무당에서 지냈다.

충분히 바뀔 수 있는 기간이고 그럴 만한 계기도 있었을지 모른다.

그게 비록 어른이 돼 가며 어쩔 수 없이 해야 하는 판단과 그로 인한 결과 때문이 아니라, 단순히 변심(變心)한 까닭이라 해도.

세상을 따스하게 하는 사랑이란 감정도 계속 받기만 하고 나누지 않으면 고인 채 썩어 들어간다는 경고라고 해도.

"저 정도로 나쁘다곤, 아직 단정 지을 수 없지."

진유청과 그의 친구들의 막내 동생이 아니라 거대 문파 소속 장로들에게 온갖 사랑을 받으며 자라 저 하늘의 해도 자길 위해 뜬다고 굳게 믿는 어리광쟁이라면, 말이다.

쓰는 사람에 따라 명약이 되기도 혹은 독약이 되기도 하는 시간이라는 기회가 오늘은 야속했다.

세월은 참 많은 걸 변화시키는 것이다.

그때 그 아이들의 해맑은 웃음이 머릿속을 그득 채웠다.

그렇듯 그리움을 품자 갑자기 잊고 있던 향기가 훅하고 밀려와 코끝을 맴돌다 사라진다.

어째선지 웃는 얼굴보다는 새침하게 화내는 표정이, 자신과 마주 선 것보다는 뒤돌아서서 걸어가는 모습이 먼저 떠올랐다.

마지막 담았던 혜아는 아주 예뻤다는 것도.

꼬리 아홉 개 달린 여우 녀석이 고양이처럼 갸르릉거리

며 애교를 부렸다.

진유청 자신에게만 특별히 머릴 쓰다듬어도 되게 허락해 준다면서.

그러고 보면 말이다.

"떠나올 때 훌륭한 신랑감을 한 명 찾아내 소개해 주겠다고 했었지, 아마?"

진유청의 머릿속에 자신이 무림에 나와 만난 수많은 이들이 스쳐 지나갔다.

그중엔 황태자를 선두로 해 형부상서의 자제에 자기 힘으로 별진무에 오른 관(官)의 인재가 줄줄이.

무림에서 세면, 각 거대 문파와 세가 장로들의 제자에 화산 장문인이 될 녀석도 하나 있고, 양으로 따져도 질로 따져도 첫손에 꼽힐 최고의 신랑감들이 한가득 있는 것이다.

한데 왠지 마음에 딱 들어맞아 이 사람이다, 할 만한 이는 떠오르지 않았다.

"혜아와 대화가 통하려면 머리는 웬만큼 좋아야 할 테고…… 한 번씩 녀석이 앙칼지게 성질부리는 거 보듬어 주려면 다정한 구석도 있어야겠지. 가문이 훌륭하거나 재산의 많고 적음이 문제가 되진 않겠지만 단리 상단주님을 닮아 주변 사람이 놀고먹는 꼴은 절대 못 볼 테니 제 밥벌이는 확실히 할 사람으로……."

거기에 하나, 둘씩 덧붙이다 보니 나중엔 과연 이런 사람이 세상에 있기는 한 걸까? 만약 있다면 진유청 자신도 한 번 구경이나 해 봤으면 좋겠다고 해야 할 정도로 조건이 쌓였다.

물론 거의 근접한 이가 한 명 있기는 했지만.

"으음…… 안 되지, 안 돼. 그 사람은 절대로 안 돼."

바로 이현 형님, 이었으니까.

저 자신도 찝찝한 마음이 들긴 했지만 그보단 형수님의 눈꼬리가 치켜 올라가는 모습이 그려지자 진유청은 얼른 슥슥 형님 얼굴을 지워 버렸다.

"어? 저기 오현이랑 영이다!"

축 늘어진 진유청을 떠메듯이 질질 끌고 가던 무진과 진호가 낯익은 이들의 등장에 환호했다.

유청이 녀석의 상태가 영 별로여서 걱정이 되던 차에 주의를 환기시킬 기회가 왔다고 여겼으니까.

조금 뒤 후회하게 될 거란 사실을 지금 이 시점에선 알 도리가 없었으니 당연하다면 당연한 일.

때마침 저편에 있던 둘도 진유청 일행을 발견했는지 안색이 급변하여 달려왔다.

어어……?

과격한 반응에 당황할 새도 없이 제갈영이 버럭 언성을 높인다.

"이번엔 또 뭘 갖다 버리신 거예요!"

헉!

"이번 건 아니야."

"대체 어딜 봐서요?"

"글쎄, 정말 아니래도!"

진유청이 극구 부인했지만 신뢰를 주지는 못한 듯.

제갈영은 눈을 가늘게 뜬 채 변명을 이어 가는 진유청을 흘겨보고 있고, 권오현은 난처한 기색을 감추지 않으면서 한숨을 푹푹 쉬고 있었으니까.

어쩌다 우리 호선이가 저 제갈영이나 남궁혁과 같은 수준이 돼 버린 건지.

"버리고 간 거 아니라면 내보내도 되는 거지요?"

제갈영이 못을 박으려 든다.

"왜, 쫓아내게? 그렇게 못 참겠어?"

"아니오. 무당의 유 공자가 하방 숙소로 옮기거나 그게 안 되면 동심회 처소에 계신 청운자 어르신과 함께 있고 싶으니 처리해 달라고 하더라고요."

"……그러겠다면 그러라고 해."

유호선을 위해선 말리는 편이 나을지도 모르지만 그랬다가는 한바탕 난리가 날 게 분명했으므로, 어쩌겠나.

자기가 원치 않는다면. 친구가 아닌 손님이라면 진유청이 간섭할 이유도 자격도 없었다.

예의가 아닌 것이다.

“정말요?”

유호선으로 인해 권오현이 신경 써야 할 일이 늘어나자 속이 뒤집혀 찾아오긴 했으나, 예전에 진유청이 남궁혁을 상방 오호로 떠넘겼을 때의 사달로 보건데 어떻게든 들어앉혀 놓으려 하지 않을까 예상했던 게 빗나갔다.

그 사람은 상방에 꼭 머물러야 할 이유가 있는 건 아니었나?

의아했던 제갈영이 저도 모르게 고개를 갸웃거리다가 무진과 마진호의 눈짓에 멈칫했다.

그리곤 입을 다문다.

“왜 애들까지 걱정하게 만들고 그래? 별거 아닌데. 신경 쓸 거 없다.”

진유청은 무진과 마진호에게 핀잔을 준 제갈영에게 손을 뻗어 녀석의 머리를 가볍게 툭툭 두드려 주었다.

“호선이에 대한 건 그만 잊고. 영이 너야말로 요즘 어떠냐?”

“저요? 저야 정신없이 바쁘게 잘 지내고 있습니다만…….”

제갈영은 새삼스럽다는 투로 양 어깨를 으쓱거렸으나 그 속이 정말 내보이는 것만큼 멀쩡할지는 모를 일.

“뭐, 네가 그렇다면 다행이지.”

진유청이 고개를 끄덕이며 하는 말에 제갈영은 흰 이를

드러내 보였다.

"유청 형님께 할 얘기도 다 했고. 그만 돌아가자, 할 일이 얼마나 많은데."

제갈영이 권오현의 팔을 잡아끈다.

권오현은 자기가 무슨 힘이 있겠냐는 듯이 끄는 대로 끌려갔다.

무엇보다, 제갈영의 말이 맞았으니까.

무림맹 내부 정리에 맞춰 학관도 새 단장을 시작했으니 학장으로 임명된 강일언과 그를 보좌하는 역할을 하고 있는 권오현은 눈코 뜰 새가 없었다.

"그럼 나중에 보자!"

인사도 못할까 봐 황급히 손을 흔든 권오현이 제갈영과 함께 학관 방향으로 사라졌다.

"괜찮을까?"

두 사람의 멀어지는 뒷모습을 바라보던 무진이 중얼거린다.

무엇이, 라는 설명은 없었지만 굳이 필요하지도 않았다. 해서 진유청도 앞뒤 잘라·내고 본론만 뱉는다.

"자기가 괜찮다고 하니 믿어 줘야지."

"혹시 모르잖아. 참고 참느라 내색하지 못하고 있는 건지도."

무진은 할아버지와 친아버지를 한꺼번에 잃은 제갈영이

너무나 안쓰러운 모양이었다.

그러니 다른 때와 달리 세심하게 제갈영을 살피며 무리하고 있는 건 아닌지 걱정한다.

하나 진유청은 가족도 가족 나름이지 않을까 생각했다.

어떤 사람이 누군가를 절대적으로 사랑해야 하는 일 따위는 세상에 존재하지 않으니까.

그게 부모든 형제든 연인이든 말이다.

관계를 유지, 지속시키는 건 핏줄이나 운명이 아닌 서로가 서로를 위해 노력한 시간과 공유하고 있는 마음이 싹 틔운 애정이지.

이름이나 관계 자체가 어떤 절대적인 힘을 갖고 불변을 주장할 수는 없는 것이라고.

물론, 그렇다고 해서 상처가 없을 순 없겠지만.

아프지 않을 리 없겠지만.

당사자가 느꼈을 감정까지 주위 사람들이 단정 짓고 전염시키려 들면 안 되지 않겠나.

"그 또한 스스로 원해서 하는 바라면 두어. 게다가 영이는 혼자가 아니잖아. 그러다 나중에 더 많은 가족이 갖고 싶다고 하면 우리가 가족이 돼 주면 되겠지."

진유청은 무진에게 가족이 어떤 의미인지 알고 있고 사람의 감정에 대해선 완벽한 답 따위는 존재하지 않는다고 여겼기에 이만하려 했다.

"그래. 그렇다면 내가 아빠가 돼 줘야지."

무진의 굳은 결심을 듣기 전까지는.

얘가 뭐래는 거니?

진유청이 잘못 들었는지 고민하며 인상을 쓰는데 마진호도 한 자리 거들고 싶었는지 자기는 형이 되겠다고 나선다.

진유청 자신 같으면 극구 사양하고픈 가족 구성원이었지만, 뭐.

제갈영은 다를 수도 있으니까.

"열심히들 해 보렴."

자기 일 아니니까 쉽게 결정하는 건 나이를 먹어도 변하지 않는 진유청의 좋은 습성이다.

한데.

"유청이 너는 뭐할 건데, 엄마?"

이것들이 진유청 자신까지 혼란의 가족 소용돌이 속으로 끌어들이려는 게 아닌가!

점점 울긋불긋해지는 진유청이 심상치 않아 보였는지 무진이 얼른 말을 바꿨다.

"아, 아빠 하고 싶으면 유청이 네가 아빠 해. 난 엄마 해도 돼."

어머나, 씨발.

나는 둘 다 싫은데?

진유청은 진심으로 되뇌었다.

녀석의 불끈 쥔 두 주먹에 도드라진 핏대가 무진과 마진호의 오늘 일진이 흉험함을 예고했다.

제갈미미는 창백한 얼굴로 연신 땀을 흘리며 뭔가를 찾는데 열중하고 있었다.

딸그락, 딸그락!

탁자 여기저기를 두들겨 보았다가 갑자기 벼루를 뒤집어 부는 등 그러지 않아도 어지럽혀져 있는 제갈인창의 처소를 한층 더 난장판으로 헤집는다.

"분명, 여기 어딘가에 있을 텐데……."

그녀는 그것을 절대 포기할 수 없었다.

그녀의 감이 말해 주고 있었으니까.

이게 그녀에게 온 마지막 기회라고!

가냘픈 어깨를 부르르 떤 제갈미미가 다시금 주위를 향해 손을 뻗는다.

제갈세가의 금지옥엽으로 같은 거대 세가 중 수위를 차지하는 남궁세가 대공자와 혼인해 누구보다 화려한 삶을 약속받았던 선택받았던 자신이 어쩌다 이런 꼴이 됐을까?

그것도 제갈미미 자신의 판단과는 전혀 상관없이 등이 떠밀려 고꾸라져 버린 것이다.

사실 그녀는 한 번 실패를 했던 내란을 다시 일으킨다는 데 회의를 갖고 있었고, 남궁혁이 찾아왔을 때부터 예감이 좋지 않았다.

이후 점창의 사도진이 창천대인 척 숨어들어 남궁민과 독대를 했다는 얘기를 알게 됐을 때도 마찬가지.

대공자의 부인인 자신이 이런 중대한 일을 결정하는 데 있어 자꾸 소외되는 것도 불쾌했지만, 그보다는 제갈건이 너무 아슬아슬하게 무리수를 두어 가며 행보를 이어 갔기 때문.

만약 제갈건이 소가장의 일을 빌미 삼아 은근한 압박을 가해 오지 않았다면 제갈미미는 아무리 남궁민과의 사이에 문제가 생긴다고 해도 그렇게 손 놓고 가만히 있지만은 않았을 것이다.

아니, 이렇게 최악의 상황이 도래할 줄 알았다면 남궁세가와의 사이에 추문을 만들어 틈이 벌어지게 될 것까지 감안해 작정하고 나선 제갈건이라 할지라도……

죽일 걸.

제갈세가와 남궁세가 그리고 제갈미미 자신을 위해 없애는 게 옳았다.

하긴, 이제 와 후회하면 무엇하리.

소가장의 일이 제갈영의 입에서 흘러나왔는지, 아니면, 그날 뭔가 냄새를 맡은 제갈건이 따로 파헤쳐 실마리를 잡고 제갈미미 자신을 떠본 건지도 중요하지 않은 마당에, 그녀에게 그런 걸 생각할 수 있는 여지가 있었던 건 남편인 남궁민과 진이현이 손을 겨루기 직전까지만이었다.

설마 했던 현실이 눈앞에 펼쳐진 순간 그녀는 기절했고 깨어난 순간부턴 꿈에서조차 겪어본 적 없는 끔직한 세상이 그녀를 기다리고 있었다.

남궁민이 폐인이 된 것에 이어 명목(名目)상의 아버지인 제갈건이 자신을 총애했던 할아버지를 죽이는 패륜을 저질렀다는 사실 말이다.

게다가 그것으로도 모자랐는지 제갈세가 본가에서 보낸 지원 세력은 무당에 가로막혀 꼼짝도 못하고 돌아갔고 남궁세가에선 아예 아무런 힘도 쓰지 않고 있다가 남궁민의 실각에 맞춰 남궁혁을 새로운 소가주로 밀고 있다 했으니.

그녀는 그대로 있을 수가 없었다.

남궁민의 상태를 확인조차 하지 않은 제갈미미는 삼엄한 감시를 받고 있는 정문으로 향했다.

자결이라도 할 기세로 걸음을 옮겨 문을 통과한 그녀를 무림맹 무사들은 막아설 수가 없었다.

결국 진호철은 그녀가 남궁세가의 처소를 나와 제갈세가로 옮겨 가는 걸 허락해 줬다.

남궁세가에 있어 봤자 득 될 게 없다 여긴 제갈미미가 어떻게든 제갈세가에 몸을 의탁해 본가에 있는 친아버지인 제갈인의 도움을 받으려 한다는 걸 알았지만 천륜을 저버린 아비일망정 제 손으로 거둬야 한다는 의지를 꺾을 명분이 없었던 것이다.

물론 그녀에게 동정이 쏟아진 것도 한몫했다.

제갈미미는 직접 관련한 것도 아닌데 아버지와 남편이 일으킨 내란으로 가장 많은 걸 잃어버린 이였고, 사람들은 아름다운 여인의 슬픔에 약했으니까.

물러 터졌다며 진유청은 혀를 찼지만, 많은 이들의 의견을 무시할 순 없는 노릇.

가뜩이나 지고 가야 할 업이 너무나 무거운 제갈세가의 짐을 더 늘리지만 않길 바랄 뿐.

물론, 제갈미미에 대해 대충이나마 알고 있는 이상 그리 큰 기대는 하고 있지 않았지만 말이다.

주위 반응이 어땠는지, 누가 자기를 주목하고 있는지에 대해 관심을 끊은 제갈미미가 제일 먼저 한 일은 제갈세가의 장로들에게 그날 있었던 일을 대충이나마 전해 듣고 시체를 확인하는 거였다.

그녀가 제갈세가에 머물 수 있게 한 이유이기도 하지만 그녀로선 도저히 이해가 안 되는 점이 있었기 때문이다.

혹자는 제갈인창이 마음속에 남아 있던 한 점의 부정(父情)을 떨쳐 내지 못해 주위를 물리고 그에게 다가갔다 죽음을 당했다고 하나, 제갈미미는 그게 얼마나 우스운 추측인지 잘 알고 있었다.

그런 게 있었다면 그 두 사람이 거기서 함께 죽는 일 자체가 애초에 없었을 거다.

왜냐하면 약해진 쪽은 다른 한 명에게 이미 잡아먹혔을 테니까.

하니, 일어날 수 없었던 일을 일어나게 만든 원인이 분명 있을 터.

제갈미미가 찾는 바였고, 제갈인창을 움직일 정도 패라면 무엇인지 어느 정도 짐작되는 것도 있었다.

그리고 그녀에게 다행이라 해야 할지, 아니면, 불행이라고 해야 할지 제갈건이 제갈인창을 낚기 위해 내밀었던 봉투가 그들의 시체 아래 깔려 있다 핏물에 젖어 엉겨 붙은 채로 시신을 수습한 제갈세가로 함께 돌아 왔고.

세가의 숙소에 도착하자마자 완전히 넋을 놓은 장로들로 인해 방치되다시피 한 시체 틈에서 그녀가 발견했다.

아마 제갈건의 패륜 현장에 있던 많은 이들이 그의 손에 들려 있던 것에 흥미를 가졌겠지만, 너무나 참혹한 결말에 나서서 호기심을 드러내지 못하고 제갈세가의 처리를 지켜보며 뒤로 물러나니 제갈미미에게까지 순번이 간 것.

제갈세가의 장로들이 도중에 정신을 차렸다 해도, 워낙 비밀이 많았던 가주와 소가주였던지라 제갈인창이 제갈건에게 넘어갔던 것에도 둘만이 이해할 수 있는 모종의 이유가 있을 거라 여기고 크게 이상함을 느끼지 못했을 가능성이 높았다.

제갈세가의 존폐가 걸려 있는 시점에 편지 봉투 따위에 신경을 쓸 여력도 없었을 테고.

그 덕에 제갈미미는 제갈건이 제갈세가의 소가주가 되기에 충분한 능력이 있었다는 걸 새삼 깨닫는다.

봉투를 열고 안에 들어 있는 종이를 꺼내 들었을 때 제갈미미가 받은 충격이라니!

핏물에 진득하니 젖었다 말라붙어 잘 펴지지도 않는 종이를 겨우 열어 보니 안엔 아무것도 쓰여 있지 않았다.

붉은색이 글자를 덮거나 지운 게 아닌, 다른 수작으로 내용을 감춰 두고 있는 게 아닌, 말 그대로 백지가 들어 있었던 거다.

그러니까 중요한 건 내용이 아닌 껍데기란 뜻으로 제갈인창을 속여 넘긴 건 바로 이 편지 봉투 자체였다는 것이다.

나중에 제갈미미는 제갈건의 집무실을 뒤지다가 자기가

얻은 거와 똑같은 재질과 모양으로 만든 사용한 적 없는 새 봉투 몇 개를 더 발견했으니…… 아마 이것은 제갈인창과 제갈건 사이에 숨겨진 비밀로 제갈건은 혹시나 있을지 모를 사태에 대비해 언제든 써먹을 수 있도록 미리 물건을 준비해 뒀던 모양.

거기서부터 거꾸로 흐름을 되짚어 보면 제갈인창이 원래 알고 있던 '진짜' 봉투 속에는 그의 이성을 혼미하게 할 만큼 중요한 게 들어 있었다는 유추가 가능하지 않겠나?

현재 제갈미미가 제갈인창의 집무실에서 찾고 있는 것의 정체이자 아마도 장보도와 연관이 있을 거라 짐작하는 이유였다.

장보도는 제갈세가가 반동심회 세력을 이끌며 문제가 생길 때마다 적절한 미끼가 돼 주고 힘을 실어 주는 역할을 해 왔다.

하니 이번에도 바란다.

"어디 있니? 어서 나와. 그 사람들을 도와줬듯이 나도, 나도 도와 달란 말이야!"

제갈미미가 입술을 질끈 깨문 채로 손을 움직이다가 제갈인창이 등을 대고 앉아 있곤 하던 벽 쪽으로 시선이 옮겨 갔다.

으음?

유심히 살피지 않으면 알 수 없을 만큼 희미하게 다른 부분과 색이 조금 다른 곳이 있었다.

얼른 다가가 손끝으로 벽을 더듬던 그녀는 검지가 튀어나오는 모양으로 주먹을 말아 쥐고선 가볍게 두들겼다.

똑, 또옥!

안쪽이 비어 있는 듯, 소리가 길게 울렸다.

눈을 빛낸 제갈미미가 비상용으로 가지고 다니는 단도를 꺼내 벽을 향해 슥 밀어 넣었다.

남궁민이 선물한 그것은 상당히 예리해 별다른 힘을 주지 않아도 그녀가 원하는 선을 그렸다.

"보긴 흉하지만 어쩔 수 없지."

벽을 이용해 만든 비밀 공간이다. 가운데가 휑하니 뚫려 있으면 사람들의 시선을 받을 게 분명하지만 어쩌겠나.

이걸 만든 장본인인 제갈인창이 아니고서야 표 나지 않게 여는 법을 알 방도가 없으니.

제갈미미가 벽에서 네모난 모양의 문에 해당하는 부분을 떼어내고선 사람 머리통 두 개 정도가 들어갈 만한 크기의 공간에 빼곡하게 차 있는 것들을 꺼냈다.

"이거다!"

그녀는 제갈건이 만들어 놓았던 봉투와 같은 것들을 발

견하곤 외쳤다.

확인해 보기 위해 속을 열어 보니 과연, 봉투마다 그림이나 글귀가 적혀 있는 종이가 한 장씩 들어 있었다.

편지 뭉치를 확인하던 그녀가 제갈인창이 낮이나 밤이나 끼고 앉아 읽고 보고 확인하길 반복하던 미서(謎書)를 펼쳐 본다.

이걸 해석하는 데 새로운 견해가 필요하다며 세가 출신의 젊은 인재들을 불러들였다가 갑자기 필요 없다 내쳤었던 데에는 이유가 있었던 거다.

앞으론 이것이 자신의 구명부가 될 터!

차르르륵.

동그랗게 만 책의 끄트머리를 왼손 엄지로 훑으며 제갈미미가 입꼬리를 말아 올린다.

그녀의 희디흰 이가 살짝 드러났다가 사라졌다.

"최대한 빨리 출발하는 걸로 합시다."

언제까지 제갈인창의 시신을 맹에 둘 수는 없는 노릇.

게다가 끔찍한 죄를 저지른 제갈건의 시체가 제갈인창의 옆에 방치돼 있는 것도 문제였고.

그래서 장로들은 제갈인창을 본가로 보내고 비어 있는 주인의 자리를 채울 인물을 데려오기로 했다.

겨우 정신을 차린 뒤 자기들이 해야 할 일을 깨달은 것이다.

“임시 맹주가 정식으로 취임하기 전, 제갈세가의 새 가주가 맹으로 와서 그와 직접 담판을 지어야 합니다. 어떤 손해를 보더라도 봉문만큼은 절대로 막아야 한다 이 말입니다.”

제갈건이 저지른 일들로 인해 제갈세가에는 책임져야 할 것들이 산처럼 쌓여 있었다.

남궁민에게 모든 죄를 돌리고 친 동심회로 돌아선 삼공자를 소가주로 올림과 동시에 가주가 전면에 나서서 진호철을 지지하는 걸로 위기에서 벗어난 남궁세가와는 상황이 달랐다.

그나마 이만한 것도 제갈인창이 살해당하기 전 손을 써 제갈건을 소가주에서 폐했지에 가능한 거지 아니었다면 제갈세가는 멸문을 면치 못했을지도 몰랐다.

“우리도 그 아이만 설득할 수 있으면 빛이 좀 보일 거 같은데…….”

장로 중 누군가의 말에 현재 맹에 머물고 있는 제갈세가의 장로 중 가장 영향력이 큰 제갈석이 이마에 깊은 주름을 잡는다.

“가능성이 아예 없는 겁니까?”

“그런 거 같습니다. 본가의 대위기에도 불구하고 나 몰라라 하며 학관에 처박혀 다음대 학장인 강일언의 제자와 어울려 다니고 있다고 합니다."

자신들을 감시하고 있는 무림맹 무사들에게 몇 번이나 제갈영의 호출을 전해 달라 했지만 녀석은 한 번도 응한 적이 없었다.

"혹시 미미가 여기 있어서 더 그런 거 아니겠습니까?"

제갈인과 제갈건 사이의 일로 그들의 자식인 제갈미미와 제갈영은 자리가 뒤바뀐 채 여기까지 흘러왔다.

처해 있는 입장이나 가문을 바라보는 견지도 다를 수밖에 없음이니 사이가 좋을 리가 없지 않겠나.

"가능성이 있습니다. 하니 이곳의 일을 정리하기 위해서라도 이제 그만 미미를 제자리로 돌려보내는 게 어떻습니까?"

폐인이 된 남궁세가의 대공자 곁으로, 말이다.

"흐음. 동의합니다. 누가 뭐래도 다음대 가주가 될 세심각주의 후계를 잇는 이는 제갈영이니 그 사람도 다른 마음을 먹진 않을 것입니다."

제갈인을 일컬음이다.

삶이 참 재미있는 게 이런 거다.

제갈영은 가주가 될 제갈건의 자식이었으나 다른 사람에게 길러졌는데 결국 훗날 가주가 되는 건 그의 명목상의 아버지인 제갈인이라니.

그로 인해 제갈인은 세가를 생각하고 위태로운 입지로

가주에 오르게 된 자기 위치 때문에 친딸을 저버리고 제갈영의 손을 잡아 줄 수밖에 없을 터.

운명이 제갈건이나 제갈인을 가주로 점찍은 게 아니라 그들은 다만 제갈영에게 가주 위를 이어 주는 역할로 선택됐던 것뿐이 아닐까 하는 생각마저 들지 않는가?

"한데 미미는 가주의 처소에 틀어박혀서 왜 나올 생각을 않는 건지……. 가주께서 그 아이를 제법 아끼셨으니 그분을 떠올리며 마지막 인사를 하려 함이란 이야기는 들었지만 영 꺼림칙합니다."

"아마 장보도에 관해 알아내기 위해서 그러는 게 아니겠습니까?"

아무것도 손에 쥔 게 없는 제갈미미가 제갈세가의 핏줄을 무기 삼아 내세워 이곳에서 지내면서 얻을 수 있는 유일한 것.

"장보도라…… 이제 와 저에게 그게 무슨 소용이라고, 쯧!"

제갈석이 혀를 찼다.

장보도가 중요하지 않은 거라는 얘기가 아니다.

다만 제갈미미가 장보도에 대한 정보를 알아낸다고 해서 이용할 수 있는 세력이 더는 남아 있지 않다는 게 문제일 뿐.

반동심회는 완전히 무력해졌고 동심회는 보물에 관심이

없다. 게다가 그 장보도는 혈사방이 소유권을 주장하고 있는 귀물.

제갈미미가 운명을 의지하기엔 너무 사나운 물건이었다.

"그나저나 미미는 둘째치고 우리야말로 장보도 때문에 문제가 생기면 어떻게 해야 할지……."

제갈인창과 제갈건은 장보도의 해석이 끝났다며 그걸 빌미로 동맹의 지원을 이끌었지만 풀이의 마지막을 전부 알려 주진 않았었다.

그것은 같은 세가의 장로들에게도 마찬가지로 그들도 장보도가 가리키는 곳이 정확히 어디인지는 여전히 몰랐다.

제갈건은 그마저 대외적으로 이용했다.

비밀은 아는 이가 적을수록 가치가 있는 거고 제갈세가는 장로급에게도 발설치 않을 만큼 그것을 귀히 여기고 있으니 정보가 새 나가거나 배신자가 생기지 않도록 정말 보물을 찾기 위해 출발할 쯤 모두가 공유하게 되도 늦지 않다고 사람들을 구슬렸던 거다.

물론, 장보도를 욕심내 다가온 이들 또한 바보는 아니니 제갈건의 말을 곧이곧대로 들어서 가만히 기다린 건 아니리라.

그들은 제갈건의 뒤에 제갈세가가 있고 혹여 문제가 생

겼을 땐 제갈세가에서 배상하게 될 거란 걸 알기에 수긍한 척하고 넘어간 것뿐.

그런데 비밀을 알고 있는 두 사람이 모두 죽었다.

어차피 뒷날의 보상을 약속하고 끌어들였던 반동심회 세력은 대부분 산산조각이 나서 각자 앞가림하기도 바쁘니 신경 쓸 필요가 없다 해도, 제갈세가가 실컷 우려먹었던 장보도를 정작 무림맹에 반환할 땐 아무 성과도 내놓지 못해서야 말이 되겠나.

"선대 가주께서 심혈을 기울여 연구하셨으니 결과가 남아 있지 않겠습니까. 설혹 그렇지 않더라도…… 제갈세가가 동심회로 편입되면, 제 식구는 끔찍이도 챙기는 동심회에서 설마 우릴 모른 척하겠습니까."

누군가가 바람을 담아 말했다.

가주가 이것은 풀어야 할 문제 그 자체가 보물이다, 라고 했고, 소가주는 어쩔 수 없이 쓰긴 하면서도 보물에 대한 욕심 대신 장보도를 이용해 사람들을 낚는데 열중했으니.

장보도의 진위 여부야 의심할 필요가 없다고 여기면서도 한편으론 꺼림칙함이 남아 있다.

제갈세가의 이익에 큰 도움이 되는 게 아니라면 정리할 수 있을 때 치워 버리는 것도 한 방편.

그 뒤로도 조금 더 이런저런 대화를 나누던 장로들이

갑자기 한꺼번에 입을 다물었다.

조금 시간이 흐른 뒤.

"부르셨습니까?"

밖에서 제갈미미의 목소리가 들려왔다.

"들어오너라."

제갈석이 다른 이들을 대신해 그녀에게 말했다.

"무슨 일로 저를 부르셨는지요?"

제갈미미가 문을 열고 안으로 들어와 인사를 하자 제갈석은 시간을 끌지 않고 본론으로 들어갔다.

"네 효심이 커 선대 가주님의 가시는 길이 외롭지는 않으셨을 것 같구나. 고생이 많았다. 하나 너무 오래 제자리를 비우는 건 바람직하지 않은 일이니 네 남편에게 돌아가는 게 좋겠다. 대공자의 상태가 좋지 않은 때에 네가 여기 와 있는 건 남궁세가를 무시하는 처사이자 너를 빌미삼아 제갈세가가 남궁세가의 일에 간섭하려는 모양새로 비춰질 수도 있음이니 조심해야지. 이만하면 우리도 미미 너를 아끼는 마음과 세심각주에 대한 안면을 봐 꽤 기다린 듯하구나."

제갈미미의 눈동자가 안에 있는 이들을 천천히 훑었다.

아무도 그녀를 따스하게 보는 이가 없다.

그녀는 자신이 부외자란 걸 똑똑히 느꼈다.

딱히 상관이 있는 건 아니었지만.

"제가 불편하신 모양입니다."

기분이 좋을 리도 없지 않나.

제갈미미의 눈가에 찬기가 내려앉는다.

"너를 위해서도 된다. 익숙해져야지."

"무얼요? 제갈세가의 소가주 되는 분 때문에 누구보다 빛나던 남편이 폐인이 된 것이요? 아니면 이제부터 빛 아래가 아닌 구석진 곳 음습한 곳에 웅크리고 있어야 할 나요?"

"버릇이 없구나! 여기가 어디라고 언성을 높이는 게야!"

제갈석이 미간을 찡그리며 노기를 토해 내자 제갈미미가 화사하게 웃었다.

"아무래도 여러분께선 제가 가진 게 아무것도 없다 여겨 괄시하시는 것 같습니다만…… 정말 그렇게 생각하십니까? 여러분께서 어린 시절부터 지켜봐 왔던 제갈미미가, 허무하게 시들 만큼 보잘것없는 꽃이라고 말입니다."

"믿는 바가 있다 이거렷다?"

"여러분께서도 관심이 참 많으실 만한 건데, 짐작이 가십니까?"

"장보도에 관한 거라면 들을 이유가 없다. 그걸로 부추길 만한 세력이 남아 있지 않다는 걸 모르는 이 누가 있느냐. 만약 그걸 밖으로 빼돌린 뒤 우릴 협박하려는 얕은 수를 쓰려 한 거라면 더욱더. 그렇지 않아도 처리가 곤란한 귀물이니 네 덕에 남궁세가로 문제를 넘길 수만 있다면 나머지는 새로 소가주가 될 남궁혁이 동심회와 말을 맞춰 알아서 잘 처리하지 않겠느냐. 미미 네가 본가를 정말 생각한다면 그 방법도 나쁘지 않겠구나."

남궁세가의 사람인 제갈미미니 남궁세가의 사주를 받았거나 혹은 남궁민의 입지가 약해짐이 걱정돼 벌인 일이라 덮어씌울 수 있으니 오죽 좋은가.

한데.

"이런! 장로쯤 되는 분들께서 어찌 생각이 거기까지밖에 미치지 않으실까요? 아버님께서 아시면 실망하셨겠습니다."

그 아버지가 제갈건인지 아니면 제갈인인지는 얘기를 꺼낸 제갈미미만 알 수 있으리.

"네가 이렇게 나온 이상, 너의 패가 우릴 놀라게 할 만한 게 아니라면 미미 너는 남궁세가만이 아니라 우리까지 적으로 돌리게 될 거란 걸 잊지 말거라."

"안 그래도 제가 겨눈 칼끝은 다른 누구도 아닌 여러분을 향하고 있으니 그런 으름장을 놓으실 필요 없으십니다."

제갈미미는 제갈인창과 제갈건이 외부로부터 단서를 얻

어 장보도를 해석했다는 증거를 갖고 있다.

이게 가장 효과적으로 먹힐 곳이 어디 있겠나?

바로, 제갈세가.

가뜩이나 흔들리고 있는 그들이 무림맹이 아닌 다른 세력과 내통했다는 혐의를 받게 된다면?

"미미, 네가 가진 칼이 아무리 날카로워도 죽으면 휘두를 수 없으니 한낱 쇠붙이에 불과하다."

제갈석은 너무나 당당한 제갈미미로 인해 불안한 기분이 들어 일부러 한층 세게 말했다.

제갈미미는 눈도 한 번 깜빡하지 않았지만 말이다.

"남궁세가의 사람을 여기서 죽이시려고요? 다른 이들에겐 무어라 설명하시려 그러십니까? 제가 장로님들께 위해라도 가했다 하시렵니까?"

게다가 제갈미미 자신이 죽으면 제갈인창이 갖고 있던 것 중 빼돌린 반이 갖가지 소문과 함께 여기저기로 전해지게 될 터.

제갈세가의 사람이 음모를 꾸미며 그만한 준비도 하지 않았을까 봐?

여기도 제갈미미의 집이었다. 제갈미미의 손이 닿는 이들이 몇 있다고 해도 크게 놀랄 일은 아니었다.

"그럼 다시, 이야기를 나눠 볼까요? 제대로 평등한 눈높이에서요."

장로급 사이에서 뿜어져 나온 살기는 제갈미미를 위협했지만 그녀는 턱 끝을 치켜든 채로 그들을 깔아봤다.

"말하라."

제갈석은 결국 받아들일 수밖에 없었다.

第三章

자승자박(自繩自縛)!

"으응? 제가 말 안 했어요?"

진유청이 고개를 갸웃거린다.

"언제 말했었나?"

홍개도 의아한지 머리통을 좌우로 왔다갔다 흔들며 고민했다.

"한 거 같은데……."

어깨를 으쓱거린 진유청은 젓가락으로 반찬을 들어 자기 입안으로 쏙 집어넣은 다음 우물거렸다.

둥그런 나무 탁자에 모여 앉은 이들의 얼굴이 애매해진다.

아, 안 했다니까!

개방 방주 상개가 목구멍까지 치밀어 오르는 말을 꿀꺽 삼켰다.

진유청이 저렇게 나오니 꼭 자신들이 들어 놓고 잊어버린 게 아닌가 하는 의혹이 생긴 것.

만약 그런 중요한 이야기를 정말로 듣고도 까먹고 나서 들은 적 없다고 우기고 있는 거라면…… 아무리 털털하고 호방한 자신이라고 해도 창피해서 얼굴을 들 수가 없을 거 같았기 때문.

"해, 했었나?"

누가 같은 개방 출신 아니랄까 봐 홍개도 자기네 방주와 비슷한 생각을 했는지 멋쩍어 하며 머릴 긁적거린다.

대화가 중단될 것 같아지자, 다른 이들과 달리 평소 자신의 행동과 기억에 자신을 갖고 있는 청운자가 입을 열었다.

"난 들은 적 없다."

"정말?"

홍개가 은인이라도 만난 것처럼 눈을 빛내며 확인했다.

가볍게 고개를 끄덕인 청운자가 주위를 살폈다.

자신에게 동조해 줄 이를 찾는 거다. 그렇지만……

스스슥.

그와 눈을 마주치는 이가 단 한 명도 없었다.

하다못해 자파의 장문인인 청기자까지!

"맹에 온 이후 항상 큰 사건이 펑펑 터졌는데 어찌 그날, 그날 있었던 일을 모두 기억할 수 있겠는가."

"누가, 보름 전 아침엔 뭘 먹었고 한 달 전 개방 어르신과는 어떤 이야기를 나눴는지에 대해 물었습니까?"

들었다면 필히 기억할 수밖에 없을 중요한 이야기니 그러는 게 아니겠는가!

청운자가 안색을 싸늘히 굳혔지만 그런데 신경 쓸 청기자가 아니다.

"자네는 그런 것도 다 기억하는가? 사는 게 참으로 피곤하겠군."

"……그건 전적으로 장문인 덕분이란 걸 언제나 잊지 않고 있습니다."

말미에서 으득, 하고 이 갈리는 소리가 들려온 것도 같고.

청기자가 피식 웃으며 청운자를 바라봤다.

무표정한 얼굴 아래로 신경질이 나 부들부들 떨고 있을 속내가 어렴풋이 느껴졌다.

다 늙었어도 사제는 귀엽고 놀려 먹는 재미는 쏠쏠했다.

건드려도 치대도 도사는 허허로워야 한다며 흰소리만 해 대는 청산자에 비하면 이 얼마나 보람된가.

하나 기껏 청운자가 상황을 정리할 뻔했던 걸 청기자가 도로 덮어 버렸으니 탁자 위엔 어색한 정적이 흘렀다.

그때.

"그럼 그냥 들은 걸로 치고, 한 번 더 듣지요, 뭐."

오자경이 나섰다.

오오!

홍개는 물론이오, 상개를 비롯해 청기자까지 눈을 휘둥그레 떴다.

저렇게 간단한 방법이 있었다니!

진유청 본인은 얘기한 거 같다는데, 불확실한 기억으로 아니라고 주장하느라 난감해할 필요도 없을뿐더러 들어 놓고 잊어버린 건 아닌가 하고 찝찝해 할 이유도 없어지지 않는가.

좌중의 시선이 진유청에게로 쏠렸다.

과연?

"흐응…… 그것도 괜찮네요."

보통 때의 녀석답지 않게 너무 쉽게 넘어가 준다.

하긴, 자신들이 필요 이상으로 어렵게 생각한 건지도.

잠시 생각을 정리할 틈도 없이 진유청의 목소리가 이어졌다.

"광서 계림부에 있는 용반산이에요."

허거걱!

사람들이 동작을 일시에 멈췄다.

진유청은 제각각 굳어 있는 이들을 휘휘 보더니 어서 식사나 마저 하시라는 듯이 오른 손바닥을 내보이며 위로 슬쩍 들어 올렸다.

그리곤 자기도 다시 먹기 시작하려는데…… 아니, 이 사람들이 정말!

진유청이 인상을 찡그렸다.

모여 앉은 이들 모두가 밥 먹을 생각은 않고 진유청 자신만 뚫어져라 바라보고 있었던 것이다.

자신이 그렇게 맛있게 생겼단 말인가!

밥보다, 더?

거기까진 알 수 없지만, 이건 확실했다. 진유청 자신을 보면 안 먹어도 배부를 수 있을지도 모른다는 것.

지금만 해도 누구 하나 잘못 걸리면 배가 두둑해서 터져 버릴 만큼 수많은 욕을 쏟아부어 줄 참이었으니까.

한데 적반하장(賊反荷杖)도 유분수지.

"아, 유청이 너 때문에 완전 밥맛 떨어졌어."

오자경을 필두로 하여 모인 이들 대부분이 젓가락을 내려놓는 게 아닌가.

아니, 왜? 내가 뭘 어쨌다고?

진유청은 억울했지만 자신의 편은 아무도 없는 듯.

"그러게 유청이 너는 밥 먹는 자리에서 왜 그런 소릴 하고 그래."

장웅 또한 오자경을 거든다.

오자경이라면 모를까, 장웅에게 당해 줄 리 없는 진유청이 눈을 쌜쭉하게 뜨다가……

휴. 흉악해!

얼마나 놀랐는지 마른 나무껍질이 쩍쩍 갈라진 거 같은 안색을 한 장웅을 보고 나니 움찔하여 화가 가라앉아 버렸다.

"불귀곡이 어디 있는 거냐면서요."

자기들이 먼저 물어봐 놓고서 괜히 진유청 자신에게 저런다, 쳇!

"했지. 하긴 했는데, 네가 곧장 '제가 말 안 했어요?' 하고 대답할 줄은 몰랐지. 우린 그냥 평범한 무림맹 수뇌부들에 걸맞게, 제갈세가를 위해서라도 장보도를 회수해 정리하는 게 낫지 않겠냐는 얘기를 하던 중이지 않았느냐."

진호철이 고개를 설레설레 저었다.

말이야 바른 말이지.

제갈세가가 장보도 하나 들고 얼마나 많은 일을 꾸몄던가?

동심회에서는 그들에게 만약 장보도가 없었더라면 오늘

날 봉문을 해야 할 지경까지 몰리지 않았을 거란 의견이 지배적이었다.

써먹을 만한 미끼가 있으니 포기하지 못하고 계속 함정을 파고 꾀어드는 승냥이들을 부려 사달을 키우다 결국은 자멸한 꼴이 돼 버렸다고 해도 과언은 아니었으니까.

그러다 문득, 장보도를 해석했다던 제갈인창과 제갈건이 사라진 지금 제갈세가에서 불귀곡의 위치를 정확하게 아는 이가 있을까 하는 데에 생각이 미쳤다.

장보도가 현 황제 주찬성이 황자 시절부터 준비해 뿌려 둔 균열의 씨앗으로 혈사방이 그 위를 거대한 음모로 덮고 있다는 걸 알고 있음에야, 장보도의 풀이가 필요하다기 보다는 제갈세가에서 해석본을 갖고 어떤 수작질을 부릴지 모르니 선을 그어둘 필요가 있었기 때문.

그게 다였다.

진유청이 밥을 먹다 말고 갑자기 별거 아니라는 듯이, 툭 던진 말을 이해하기 전까지는.

"에이, 까짓게 뭐 놀랄 일이라고요. 어차피 제가 얘기 안 했어도 조금 더 있었으면 혈사방에서 자기들 입으로 불었을 거예요."

아마도 속으로 제갈세가의 욕을 엄청나게 하면서.

뒤에서 그만큼 밀어주기도 쉽지 않았을 텐데 제갈세가

는 혈사방의 기대를 산산조각 내면서 그들의 계획 대부분을 말아먹어 버렸으니까 당연한 일.

특히나 그중에서도 혈사방이 가장 바랐던, 자기들을 드러내지 않고 제갈세가를 이용해 불귀곡의 위치를 밝혀낸 다음 무림맹으로 하여금 자연스레 무림의 무덤 속으로 기어들어 가게 하려던 일은 정말이지 최악의 결과를 초래했다.

진유청의 이전 생애에선 장보도 해석에 실패했던 제갈세가가 이번엔 너무나 빨리 쉽게 해낸 게 의아했으나 혈사방이 도움을 주었다면 단번에 이해가 되지.

진유청은 굳이 제갈건이 마지막 순간 손에 들고 있던 봉투로 전후 사정을 끼어 맞추지 않더라도 그전부터 눈치채고 있었으니 새삼 놀랄 것도 없다.

거기에 하나 덧붙이자면, 진유청은 천재적인 머리로 제갈세가가 하지 못했던 걸 해내 승승장구하여 무림맹에 우뚝 섰던 과거의 조량도 혹시 지금의 제갈세가와 같은 길을 걸었던 건 아닌가 하는 의구심을 품고 있었다.

왜냐하면 그만한 머리가 무림맹에 버티고 있었는데도 무림맹은 너무 쉽게 무너졌고 대처 또한 명성에 비해 모자람이 있었다는 걸 이제는 알 수 있으니까.

물론, 조량이 드물게 뛰어난 사람이라는 데는 의심의 여지가 없고. 그가 그랬었을지도 모른다는 추측이 현재의 시간에 어떤 영향을 미쳐 조량에 대해 다른 판단을 갖게 하는 건 절대 아니다.

그저 두 개의 세상이 나아가는 결과는 다를지라도 그것의 원인은 같은 선상에서 출발했으니 둘을 하나로 겹쳤을 때 벌어지는 차이를 되짚다 보면 더 많은 인과(因果)를 볼 수 있을 거라 여겼기 때문이다.

"어쨌거나 다들 알게 됐으니, 앞으론 그쪽 방향으로 오줌도 싸지 마세요. 약속하시는 거예요!"

드디어 무림맹 내부가 정리됐다. 명령 체계를 일원화했으니 앞으로 닥칠 외부의 공격에 방어할 최소한의 준비가 끝났다는 뜻.

불귀곡 따위.

가줄 거 같으냐?

너희가 어떻게 나오건, 아무도 가지 않으면. 그래서 아무도 죽지 않으면 우리의 승리다.

어렸을 땐 불귀곡에 가서 그곳을 무너트리면 이후 벌어질 혈겁이 사라지지 않을까 했다.

하지만 그때 벌써 혈사방이 음모를 진행 중이라 불귀곡에 기관을 장치하고 있었다면 진유청 자신은 거기 도착하자마자 쥐도 새도 모르게 죽임을 당했을 거고.

혈사방이 아직 손대지 않은 상태에서 진유청의 연이 먼저 닿아 용반산에 이목을 끌 일을 만들어 적들이 함부로 행동할 수 없게 제재를 가했다면, 글쎄……

그들은 다른 적절한 곳을 찾았을 거고 그랬다면 아무런 정보도 없는 진유청으로선 상대하기가 훨씬 어려워지지 않았을까?

그러니 됐다.

혈사방 소방주 이원형의 죽음은 피할 수 없었으나 그로 인한 결과는 달랐던 것처럼 불귀곡 혈겁 또한 그러하리.

이미 만들어졌더라도 사용할 수 없게 하면 그뿐, 아니겠는가.

"한데, 유청아."

"예. 형님."

"네가 어찌 불귀곡의 자세한 위치를 알고 있는 게냐? 그것은 경험과 지식, 그리고 추측 따위로 표현이 가능한 선을 넘어서, 우리의 적들만이 알고 있어야 할 그들의 정확한 답이지 않느냐."

가끔 진유청은 꼭 앞날을 보고 온 사람처럼 말하며 행동했고, 진이현은 그런 동생이 걱정됐다.

어느 날 갑자기 진유청이 사라져 버려도 찾을 수 없을 거 같았으니까.

단순히 그의 기우라고만 할 수도 없는 게 벌써 한 번. 그는 동생을 하늘에 빼앗길 뻔했던 전적이 있는 것이다.

진이현의 서늘하고 깊은 눈동자가 자신을 향하자 진유청이 택한 방법은 의외로 간단했다.

"그것도 저번에 이 얘기할 때 설명하지 않았어요?"

……어?

아무렇지도 않게, 맑은 눈을 깜빡이며 되묻는 동생으로 인해 진이현이 움찔했다.

분명, 아까 오자경의 중재로 불귀곡의 위치에 대해선 예전에 들었던 걸로 치고 한 번 더 듣기로 이야기를 마무리 짓지 않았던가.

하니 그걸 그대로 바꿔 풀어 이전에 이것과 같은 이야기가 언급된 적이 있었다고 한다면!

진이현이 좀 전에 했던 질문 또한 자연스럽게 이어졌을 테고, 그렇다는 건 진유청도 거기에 맞춰 대답을 했을 거란 결론이 나온다.

진유청이 방금 지적한 게 바로 그거였다.

문제는, 진이현 자신이 혈사곡 위치에 들은 건 현재가 처음이고, 따라서 진유청의 설명 따위는 전혀 들은 기억이 없다는 것.

아까, 돌아가는 상황이 의아해서 가만히 지켜보느라 청운자 어르신이 나서셨을 때 한 말 보태지 않았던 게 아쉽다.

설마, 유청이 녀석. 이렇게 될 걸 노린 건가?

워낙 영리한데다 종잡을 수가 없어 소신선 소악마를 거쳐 요물이라고까지 불리는 동생이다 보니 진이현은 아니라고 자신 있게 부정할 수가 없었다.

흐음, 그렇다면?

"그냥 그것도 들은 걸로 치고 한 번 더 들려주는 건 어떻겠……."

"형님!"

천하의 철면검객이 안 어울리게도 꼼수라니.

그런 건 나나 하는 거예요, 나나!

진유청이 살큼하게 눈가를 치뜨자 진이현이 얼른 입을 다문다.

진이현의 긴 눈매가 미미하게 떨리고 목표했던 걸 회피한 적 없는 검고 깊은 눈동자가 동생에게서 슬쩍 시선을 비켜났다.

"크큭! 저 얼음덩이가 창피해 하고 있는데?"

오자경은 살면서 다시 올지 모를 희귀한 구경거리가 너무나 재밌었는지 웃음을 참지 않는다.

자세히 살펴도 알아채기 어려운 작은 변화지만, 그게 진이현이기에 몇 십, 몇 백 배로 크게 느껴졌다.

"그래도 오래 버티네. 결국은 유청이 뜻대로 될 테지만."

눈치 빠른 데다 머리도 좋은 곰인 장웅의 말이 끝나기 무섭게 진이현이 한숨을 내쉬며 백기를 들었다.

"알았다. 알았으니, 위험한 방법을 쓰는 거라면 멈추고 아버님과 상의할 수 있는 게 아니라면 아무리 맹에 도움이 되는 거라도 나는 하지 않았으면 좋겠다."

"형님께서 염려하실 만한 일은 없을 거예요."

진유청이 대답했다.

"네가 그렇다면 그런 거겠지."

동생은 사기는 쳐도 거짓말은 하지 않는다. 특히, 진이현 자신에게는.

마음이 조금 가벼워진 진이현이 고개를 끄덕였다.

진유청도 그런 형을 보고 씨익, 웃다가 새 부리로 콕콕 찍듯 뒤통수를 쪼는 따가운 시선에 뒤를 돌아봤다.

진유청이 갑자기 저와 눈을 마주치자 놀랐는지 유호선이 앞에 놓인 잔을 잘못 건드려 바닥에 떨어트렸다.

챙그랑!

"이런, 괜찮아?"

즉시 다가가 유호선이 다치지 않았는지 살피고 녀석을 옆으로 이동하게 한 다음 바닥을 치운 진유청의 행동은 신속했다.

"다섯 살짜리 어린애도 아니고 당연히 괜찮지 않겠습니까."

유호선은 자기는 낄 엄두도 안 나는 탁자에 자연스레 한 자리를 차지하고 앉는 걸로도 모자라 중심에서 흐름을 이끄는 진유청의 역할이란 걸 이해할 수가 없었다.

게다가 그 입에서 나오는 말과 내용은 정말이지……

"낯빛이 안 좋은데."

진유청이 유호선의 얼굴을 턱으로 가리켰지만 녀석은 대꾸도 없이 자기 자리로 가서 앉았다.

"무슨 일이야, 이건?"

청운자를 대신해 홍개가 물었지만 진유청은 별거 아니란 투로 고갤 저어 보였다.

자신이 불화를 인정하는 순간 유호선의 입장이 얼마나 난처해질지는 안 봐도 뻔했으니까.

"자, 자. 음식 다 식었겠어요. 얼른들 드세요."

탁자에 앉은 진유청이 일부러 밝게 얘기한 뒤 젓가락을 들었다.

자신을 뚫어져라 응시하는 청운자 때문에 밥이 콧구멍으로 넘어가는지 목구멍으로 넘어가는지 알 수 없을 정도였지만 진유청은 젓가락질을 멈추지 않았다.

"주아야?"

제갈미미가 자신의 시중을 드는 하녀를 불렀다.

"주아야! 어디 있는 게야!"

하지만 몇 번을 불러도 그녀는 나타나지 않았다.

"이상하네. 이런 적은 처음인데……."

항상 주변에서 대기하고 있다가 달려오던 아이가 깜깜 무소식이었다.

주아는 일을 썩 잘하는 편은 아니었지만 주인이 하는 말이라면 죽는 시늉까지 하는 순박한 아이라 혼인하기 전까진 곁에 가까이 두었고 남궁세가로 간 이후에도 이따금 생각 날 때마다 이거저거 챙겨 주며 잊지 않고 있었더니만…….

제갈미미가 다시 제갈세가의 숙소에 머물게 되자 옆에서 모시고 싶다 청해 오기에 승낙했다.

어쩔 수 없는 상황이 아니라면 말도 없이 자릴 비우거나 제갈미미를 혼자 놔둘 이가 아니라는 뜻.

제갈미미는 자신이 임시로 사용하기로 한 제갈건의 처소에서 나와 주아를 찾았지만 머리카락 한 올도 보이지 않았다.

밤이 지나 다음 날 아침이 됐어도 그녀는 나타나지 않았다.

장보도의 단서가 적힌 편지 중 자신이 직접 갖고 있었던 것들은 모두 주아와 함께 사라져 버렸다.

몸에 지니고 있든 다른 곳에 숨기든 여기가 제갈세가이고 장로들 모두가 제갈미미 자신을 주목하고 있는 이상은 빼앗길 수밖에 없다 여겼으니 상관없다.

그들이 알기 전, 만약을 대비해 비밀리에 분산시켜 놓은 것들만 안전하면 됐다.

어쨌거나, 과연……

"장로님들이 할 만한 짓이로군."

제갈미미가 혀를 찼다.

자신이 오랜 시간 지켜보며 신경을 많이 써 주었더니 측근이라 오해를 하고 주아를 납치해 간 모양.

간혹 모시는 아가씨와 자매처럼 지내 귀히 여겨지는 하녀가 없는 건 아니었으니까.

제갈석은 제갈미미에게서 가까운 이를 뺏음으로서 겁을 주거나 그녀에 대한 정보를 캐낼 거라는 압박을 가할 속셈이었지만…… 제갈미미는 호락호락한 상대가 아니었다.

"언젠가 이렇게 시선을 돌리는데 써먹으려고 공을 들였던 거긴 하지만, 왜 하필 그게 어제람?"

심부름시켰던 게 많은데 하나도 못하고 사라졌으니 제갈미미가 직접 해야 하게 생겼다.

미리 알았더라면 며칠 전 정리를 하게 했을 걸.

새로 하녀를 들인다고 해도 제갈미미의 입맛에 맞게 길들이는 데는 시간이 걸릴 테니까 말이다.

제갈미미는 짜증이 일었는지 미간을 곱게 찡그린 채로

머릴 쓸어 넘겼다.

"내가 그만큼이나 양보를 했는데도 불구하고 이렇게 나오시겠다?"

그녀는 입수한 편지를 이용해 장로들에게 자신의 거처가 남궁세가가 아닌 제갈세가의 본가가 될 수 있도록 힘써 달라고 청했다.

사실 그녀는 친아버지이자 새로 가주가 될 제갈인에게 정식으로 인정받아 그의 아래로 들어가고 싶었으나, 자칫 잘못했다간 장로들이 위험부담을 감수하고서라도 제갈미미를 없애는 편이 낫다는 판단을 하게 될지도 몰라 미뤄둘 수밖에 없었고.

장로들도 그녀가 한 발 물러나 그나마 서로 협의 가능한 수준에 맞춰 이야기를 진행했음을 모르지 않았다.

하니 제갈석도 신임가주가 도착하면 정식으로 그녀와 남궁세가와의 혼약을 파기한 뒤 파탄의 책임을 지기 위한 배상까지 끝마쳐서 깨끗이 매듭지어 주겠다 약속한 것이고 말이다.

한데 시간이 얼마나 지났다고 벌써 수작질을 부리다니.

감히 세가의 안녕(安寧)을 볼모로 삼아 협박을 한 것에 대한 벌인지 아니면 아직도 제갈미미가 가진 증거를 없애려는 시도를 멈추지 않고 있는 것인지 알 수 없지만, 어느 쪽이건 제갈미미에겐 타격이 컸다.

"아버지가 빨리 오셔야 할 텐데."

제갈미미가 중얼거렸다.

제갈인이 온다고 해서 그녀의 상황이 갑자기 역전되는 꿈같은 일이 벌어지지 않을 거란 건 안다.

그래도 혼자보다는 나을 테니까. 거기에 아주 조금 바라는 게 있다면……

세심각주 제갈인에겐 그녀를 위기에서 구해 줄 능력이 없었지만 신임가주 제갈인에겐 그녀가 자기 능력으로 만들어 놓은 자리를 지켜줄 정도의 힘은 생길 거라는 거.

아무리 부모, 자식 간이라 해도 권력 앞에선 등 돌리는 일이 비일비재한데다 제갈건이 추악의 정점을 찍어 보여 준지라 제갈미미도 아버지에게 무리한 요구를 할 생각은 없다.

물론 한다고 해도 받아들여 줄지는 알 수 없는 일이고.

다만, 아버지가 모든 걸 포기하지 않아도 되는 정도라면 가진 것과 가지게 될 것 중에 몇 가지만 내려놓고 피해를 감수하는 걸로 제갈미미가 살 수 있다면.

설마 그 정도는 딸인 자신에게 해 주지 않을까, 기대했다.

처연한 얼굴로 시선을 떨군 제갈미미는 세상에서 자신이 가장 불쌍한 여인인 거 같았다.

"이렇게 끝날 순 없어."

어금니를 꽉 깨문 제갈미미가 두 손으로 치맛자락을 움켜쥐었을 때 바깥에서 웅성거리는 소리가 들려왔다.

"웬 소란이지?"

가뜩이나 심기가 불편한 차에 거슬리는 일이 생기자 화가 난 제갈미미가 문을 소리 나게 열었다.

"무슨 일이냐!"

빠른 걸음으로 다가오던 무사들이 멈칫해 동작을 멈췄다.

가주의 시신을 실은 마차가 본가를 향해 출발했음에도 패륜을 저지른 소가주의 처소에 묵으며 갈 생각을 하지 않는 제갈미미에 대한 평은 계속해서 나빠지고 있었다.

폐인이 된 남편을 혼자 두고 한가로이 친정에 머무는 듯 보였으니 남 말하기 좋아하는 이들이 가만있을 리가 없지 않나.

제갈세가 식솔들은 삼엄한 감시 속에 감금 생활을 해야 했지만 맹 내 총관부 등 무림맹 인사들은 자유로이 드나드는 편이었으니 소문은 계속 돌고 돌아 점점 실체를 부풀렸다.

그녀도 귀가 있는지라 뒤에서 하는 이야길 모르진 않아 사내들이 자신을 바라보는 눈빛에 불쾌함을 느낀다.

그녀의 눈동자에 새파란 기광이 감돌자 그녀가 뭔가를 오해하고 있음을 깨달은 무사 하나가 다급히 입을 열었다.

"안휘 남궁세가의 가주님이 방금 전 무림맹에 도착했다고 합니다."

제갈세가는 어떻게든 남궁세가를 물고 들어가야 했다.

상황이 좀 다르다곤 하지만 비슷한 죄를 저질렀는데 그들만 빠져나가게 둘 수는 없지 않나. 그들이 가벼운 벌을 받는다면 제갈세가도 가감해 무게를 낮춰 줌이 옳다고 여겼다.

하니 발언권을 높여 이야기를 하려면 신임 가주가 될 제갈인이 어서 와 임시 맹주와 독대를 해야 할 텐데…… 그보다 먼저 남궁세가가 왔다.

그것도 새로 소가주가 될 남궁혁도 아닌 가주 남궁영후가 직접.

제갈세가가 뒤숭숭하게 들쑤셔질 만했다.

하지만 당황한 걸로 치면 이 사람만 하겠는가.

"아, 아버님께서 오셨다고?"

제갈미미의 얼굴이 새하얗게 질렸다.

남궁영후는 남궁민의 아버지이자 제갈미미의 시아버지로, 그녀는 아직 혼인을 파기하지 못했기에 남궁세가의 사람이었다.

"장로님께서 마님을 모셔 오라 하셨습니다."

무사의 말에 제갈미미의 몸이 휘청거렸다.

그러나 그녀를 잡아 줄 수 있는 이는 아무도 없었다.

第四章

흉보(凶報)!

"먼 길 오시느라 고생하셨습니다."

진호철이 남궁영후에게 정중히 인사를 건넸다.

"불미스러운 일들과 엮여 맹에 많은 피해를 끼쳤건만 그럼에도 이리 환영해 주시니 감사드릴 뿐입니다."

"온건(穩健)한 성품의 가주님과 총명한 삼공자가 앞으로 남궁세가를 이끌어 가면서 무림을 위해 몇 배로 갚아 주실 거라 믿습니다."

남궁세가의 잘못을 용서해 줄 수 있는 건 맹주가 될 진호철이나 그들의 독선을 가로막았던 동심회가 아닌, 그들로 인해 상처를 입고 피를 봐야 했던 무림이다.

무림에서 살아가는 사람들이다.

해서 진호철은 감히 자신이 나서서 괜찮다고 앞으로 잘 하면 된다고 하는 이야기 따위는 할 수가 없었다.

"남궁세가는 죄 갚음을 위해 몸을 사리지 않고 노력할 것입니다. 맹주님께서 많이 도와주십시오."

초면에 인사치레 대신 던져진 쓴 말에도 남궁영후는 기분 상해하지 않았다.

아들인 남궁혁에게 동심회, 특히 진가장 삼부자에 관한 이야기는 귀에 인이 박히도록 들었기에 진호철의 얘기에 이면은 없고 오로지 진심만이 담겨 있다 믿은 덕분이다.

하나 그와는 별개로, 진이현과 진유청 형제를 보는 시선엔 찬기가 감돌았는데.

아무리 남궁민에게 정이 없었다고 해도 자식은 자식.

남궁세가와 셋째를 위해, 그리고 동심회가 내걸은 기치(旗幟)가 처음으로 무림인으로서의 마음을 울려 본격적으로 나서기로 했지만 편히 대해지진 않았다.

그와는 정반대로……

"네가 오현이로구나."

진유청의 옆에 서 있던 청년과 눈이 마주쳤을 때는 주위 사람들이 놀랄 만큼 부드러운 목소리로 말을 건넸다.

"네? 네. 제, 제가 권오현입니다만."

눈이 휘둥그레진 권오현이 말을 더듬으며 대답했다.

남궁세가에서 사람이 왔다는 이야기에 혹시 남궁혁도

동행했을까 싶어 후다닥 달려 나왔는데 반가운 이는 없고, 대외 활동을 한 적이 거의 없다는 남궁세가 가주님께서 뜬금없이 권오현 자신을 단박에 알아보고 아는 척을 하니 어찌 놀라지 않을 수가 있겠나.

"혁이에게 얘기 많이 들었다. 맹에 있는 동안 자주 보자꾸나. 그리고 다음엔 안휘로 놀러오려무나. 그 아이는 앞으로도 안휘에서 나올 생각이 없다고 하니 네가 종종 와 주면 아주 반가워 할 게다."

남궁혁이 왜 무림맹에 오지 않았는지에 대한 궁금증이 풀림과 동시에 새로운 의문이 생기게 하는 이야기다.

녀석이 안휘에서 나오지 않으려는 건 진유청이 행복해지라고, 그리고 앞으로 다신 보지 말자고 했던 생각과 동류일 테니 넘어가더라도, 권오현이 안휘에 가면 정말 남궁혁이 반가이 맞아 줄까?

어째서?

상방 오호에서 함께 지내는 동안 조금씩 냉기가 사그라지며 권오현 자신에겐 남궁혁이란 사람이 의미가 생겼지만 그에게도 자신이 어떤 의미가 됐을 거라곤 생각하지 못했기에 이해가 안 됐던 거다.

눈만 깜빡거린 권오현이 대답을 하지 않자 남궁영후는 그를 가만히 바라봤다.

원하는 대답을 할 때까지 기다리는 모양.

유하고 조용해 보이는 것과 달리 누가 남궁혁 아버지 아니랄까 봐 고집이 상당하신 듯.

어쩌겠나, 남궁세가 가주님이 친히 하신 말씀이니 잘 듣자.

권오현은 마음먹자마자 즉시 입을 열었다.

"감사합니다. 자주 찾아뵐게요. 안휘에도 꼭 놀러가도록 하고요."

"그래, 고맙구나."

남궁영후는 남궁혁이 유일하게 친구라 칭했던 권오현을 남다르게 생각했다. 권오현 덕분에 자신이 아들 셋을 모두 잃지 않을 수 있었다고 여겼으니까.

손에서 다 빠져나간 줄 알았는데 돌아온 소중한 것이 얼마나 귀하고 고마울꼬.

남궁영후는 권오현과 조금 더 이야기를 나누고 싶었지만 나중으로 미뤄두기로 했다.

당장은 맹주에게 긴히 할 애기가 있었으니까.

남궁영후가 진호철을 향해 의미심장한 눈빛을 보내자 그가 고갤 끄덕였다.

번잡한 걸 싫어해 남궁세가에서 나온 적이 별로 없다는 가주가 맹주 취임식이 열리려면 아직 시간이 남아 있는 시기에 무림맹에 미리 전갈도 주지 않고 불쑥 찾아왔다면……

이유가 없을 리가 있겠나.

"들어가시지요."

진호철이 한 손을 무림맹 정문 안쪽으로 뻗었다.

"그럼."

남궁영후가 작게 머릴 숙여 보인 다음 외성 정문 안 쪽으로 걸음을 옮겼다.

전대 가주에게 사람 취급받지 못하다 남궁민이 태어난 이후론 아들에게 가려 비웃음을 샀던 그는 운지룡(雲地龍)이라 불렸다.

구름 속의 지렁이라니. 한 가문의, 그것도 거대 세가 중 수좌라 할 수 있는 남궁세가의 가주를 부르는 말이라곤 생각할 수 없었지만 그게, 사실.

하나 이제 달라졌다.

남궁세가의 가주로 무림맹을 방문해 맹주의 안내 속에 당당히 걷고 있는 것이다.

그래서 아주 뿌듯하냐면, 그건 또 아니지만.

앞에서 치이고 뒤에서 치여 필요 이상으로 움츠러들긴 했으나 그게 아니었더라도 남궁영후는 원래 성격 자체가 사람들 앞에 나서는 걸 좋아하지 않았다.

그는 누가 정해 놓은 대로의 길을 억지로 걷는 게 아니라 자신의 의지로 발을 내딛는 자유가 이런 거구나 느낀 거로 충분히 만족했다.

"제가 들어도 될 이야기라면 여기 계신 분들도 마찬가지입니다."

진호철이 남궁영후에게 동심회 어르신들을 소개한 뒤 말했다.

남궁영후도 크게 개의치 않는다.

어차피 자신이 하려는 얘기는 동심회 모두와 상관이 있을 테니까.

특히나……

남궁영후가 저도 모르게 진유청을 쪽으로 시선을 향했다.

저게, 그 진유청?

철면검객이라는 진이현은 눈이 마주치는 순간 오싹하여 등줄기가 서늘해졌다. 남궁영후는 살아오면서 자신의 아들인 남궁민보다 사람을 더 주눅 들게 하는 이는 처음 봤다.

하니 진이현이 대단한 건 굳이 들었던 이야길 떠올리지 않아도 단번에 알겠다.

그러나 진유청은 달랐으니.

남궁혁이 몇 번이나 진짜 무서운 놈은 바로 그놈이라고 당부하고 주의를 줬음에도 피부에 바로 와 닿지가 않았다.

하긴, 아직 어리니 자기들 사이에서 부딪쳐 보이는 게

현실과는 거리가 있을 수도 있겠지.

스스로 해답을 내 납득한 남궁영후는 자세를 바로 했다.

그는 소회의실에 모여 있는 이들의 면면을 다시 한 번 확인하며 마음을 가다듬은 다음 천천히 입을 열었다.

"예전부터 각 거대 세가나 문파의 주인들이 무림맹에 머물러 무림의 대소사를 협의해 처리하는 건 전통처럼 이어져 온 일이지만, 동심회가 맹의 중심이 된 이후부턴 무림학관을 매개로 하여 중소 문파와 가문 출신 무림인들까지 합세해 무림맹의 몸통은 점점 더 불어났습니다."

천하 각지의 무림인들이 몰려들어 무림맹, 정확히는 동심회에 투신해 새로운 무림을 꿈꾸며 자신이 그중 한 축이 될 수 있기를 바랐던 것이다.

"동심회는 출신을 따지지 않고 사람을 차별하지 않으니까."

홍개가 가슴을 내밀며 자랑스러워했다.

"그렇습니다. 하니 지금의 무림맹은, 그동안 거대 문파와 세가가 자파의 이익을 추구하기 위해 독선과 독단으로 전횡을 일삼고 상황에 따른 반목과 친목을 번복하기 일쑤였던 것과는 비교할 수 없이 안정적인 상황이라 할 수 있겠습니다만……."

말끝을 흐리는 모양새가 껄끄럽다.

해야 할 이야기도 무거운데 좌중의 이목까지 너무 집중돼 있으니 남궁영후로선 상당히 버거웠다.

"할 수 있지만…… 에 이어질 말이 무언데 그리 뜸을 들이십니까?"

진호철은 남궁영후가 꺼내기 어려운 이야기로 인해 주저하는 거 같아 보이자 일부러 이야기를 한 번 받았다 되돌리는 걸로 자연스레 말문을 터 주었다.

덕분에 남궁영후가 한결 나아진 안색으로 이야기를 이어 갈 수 있게 됐다.

그는 진호철에게 눈짓으로 고맙단 표시를 한 후 목소리를 낸다.

"무림맹이 포화 상태인 만큼, 천하가 비어 있습니다. 각자의 지역을 지키고 살아가던 사람들 중 쓸 만한 이들은 썰물처럼 빠져나가고 남은 건 어린 제자들이나 나이가 많아 현재의 변화하는 무림맹에 적응할 수 없는 노인네뿐이라 합니다. 천하 각지에서 무림맹의 눈과 귀 역할을 하던 그들이 제 기능을 못하게 된 것도 큰일이지만, 만약 무림맹이 있는 호북을 제외한 다른 지역을 혈사방이 공격하기라도 한다면 거대 문파나 세가의 본산이나 본가가 있는 곳이 아니고서는 잠시도 버티기 어려울 겁니다. 무림맹이 무사들을 보낸다고 해도 이미 늦은 후가 될 거란 뜻입니다."

쿠웅!

사람들은 정수리를 돌덩이로 내려친 거 같은 충격을 느꼈다.

힘을 결집시켜 큰 덩어리로 만드는 게 강해지는 거라 여겼다. 동심회는 하나였고 그래서 무림맹을 안정시킬 수 있었으니까.

한데 그건 동심회가 무림맹 내에 존재하는 한 개의 단체였을 때의 이야기다.

그와 같은 논리로 만약 동심회가 무림맹 전체가 되려 한다면……

"지금 같은 일이 벌어지는 게로군."

청운자가 심각한 얼굴로 중얼거렸다.

천하는 무림맹의 것이 아니고 무림맹의 변화 중 생겨나는 빈틈은 적들에게 고스란히 노출돼 공격당할 가능성이 높아지니 말이다.

"고마우신 지적입니다."

진호철은 정말이지 진심을 담아 남궁영후에게 말했다.

하지만 이 일을 어쩐다?

남궁영후는 아직 해야 할 이야기를 다 끝내지 못했다. 그것도 최악의 것이 남아 있는 거다.

"남궁세가 또한 처음엔 생각지 못한 일이었습니다. 우리는 그저 우연히 어떤 사건에 대해 알게 됐는데 소가주가 조금 더 정보를 확인해 주었으면 한다고 부탁을 해 와 알아보다가 거기까지 흘러가게 된 겁니다."

소가주라면, 폐인이 된 남궁민은 아닐 테니 남궁혁을 일컬음이겠지?

"사건이라니, 어떤 건지 여쭈어 보아도 되겠습니까?"

진호철이 묻긴 했지만, 대체 어떤 사건이기에 무림맹의 약점을 들춰볼 계기가 된 건가 하는 궁금증은 모여 있는 이들 모두의 것이리라.

"으음……."

"곤란하신 얘기라면 억지로 하지 않으셔도 됩니다."

남궁영후는 자신이 흘린 신음을 오해한 진호철의 배려에 솔직히 조금 감탄했다.

단순한 호기심으로서가 아니라 자기가 속한 단체에 관한 정보가 포함된 이야기인데 저렇게 깨끗이 뒤로 물러날 수 있는 이가 얼마나 있겠나.

해서 남궁영후는 아들의 부탁을 열심히 들어주길 잘했다고 생각했다.

그리고 자신이 알려 주는 정보가 너무 늦지 않았기를 바라며 좌중을 둘러봤다.

"저는 세가의 일에 관여하지 않는 편이라 지금껏 뒤로 물러나 있었습니다만, 새로 소가주가 될 아이가 아직 미숙한지라 녀석을 돕기 위해 나섰다 이상한 소문을 하나

듣게 됐습니다. 바로, 금오상단의 총단이 비어 있다는 이야기 말입니다."

"금오상단의 총단이 비어 있어요?"

그게 말이 되는 이야긴가?

금오상단은 천하에서 손꼽히는 상단으로 각지에서 오고 가는 상인과 그들이 사고파는 물건들, 그것을 운반하는 표국이 연계돼 한시도 조용할 날이 없는 곳이었다.

한데 그런 곳이 비어 있는데 자신들은 여지까지 몰랐다가 남궁세가의 가주가 와 알려 준 뒤에야 아아, 그렇구나 하고 고개를 끄덕이고 있다는 건가?

정말, 그래?

"유청아, 진정해라."

진이현이 동생의 어깨 위에 손을 올렸다. 그렇지만 녀석은 그 사실을 인식하지 못하고 있는 듯 창 밖에서 불어와 잔잔히 가라앉던 바람결에 새파란 날이 서 피부를 벨 것처럼 아프게 스치고 지나간다.

"유청아!"

진이현의 기운이 진유청을 내리누른 후에야 맹주 전용 소회의실을 가르던 칼날이 무뎌졌다.

하지만, 말이다.

"형님, 생각해 보세요. 금오상단에 일이 있는 걸 진가장에서 몰랐겠어요? 마가장은요? 오검문은요?"

금오상단에 문제가 있었다면 그들이 가장 먼저 알고 무림맹에 알렸을 것이다.

그런데 자신들은 모르고 있었다.

동생의 이야기에 아차, 한 진이현이 심각한 어조로 물었다.

“가주님. 혹시…… 금오상단 외에 하남의 다른 곳에도 비슷한 상황이 일어났습니까?”

“안 그래도 그 얘길 하려던 참이었네.”

남궁영후가 답했다.

아마도, 그렇다는 뜻이리라.

지지직! 지지직!

소회의실의 벽들이 세로로 쪼개지기 시작한다.

“위험합니다!”

퍼억! 퍼어억!

진이현의 외침이 끝나기 무섭게 사방이 터져 나갔다.

흙과 나무 파편이 비산했다 암기처럼 사방에 박혔다. 뿌연 먼지가 공중으로 솟구쳤다 가라앉는다.

하남에 남아 있는 식구들은 무공이 강하지 않았다. 혜아처럼 무공을 모르는 이도 많았다.

“두고 오는 게 아니었어.”

아니, 애초에 떠나오지 않는 게 옳았던 걸지도.

진유청의 목소리가 건조하게 내리깔렸다.

다른 사람이 내민 손 덕분에 상처 없이 무사할 수 있었던 남궁영후는 녀석의 가까이에 있었기에 똑똑히 보고 들었다.

그래서 그는 남궁혁이 했던 말이 진실이라는 걸 확실히 알게 됐다.

아니, 그 정도 표현으론 너무나 부족했다.

저건 진짜 무서운 놈이 아니라, 절대 건드려선 안 되는 괴물이 아닌가!

남궁영후는 진심으로 그렇게 생각했다.

"유청이는 어떠냐?"

"잠이 들었습니다."

기절시켰다는 표현이 맞겠지만, 정말 기절했는지 아니면 기절한 척하는지는 확인이 불가능했다.

"녀석이 저렇게 화를 내는 건 처음 보는구나."

반나절 사이 심력 소모가 너무 컸는지 낯빛이 검어진 진호철이 한숨을 내쉬며 말했다.

"네."

진이현이 고갤 끄덕여 동의한다.

하지만 진호철은 진이현도 겨우 참고 있다는 걸 알고 있었다.

자기가 흔들리면 동생을 잡아 줄 수 있는 이가 없을 테니까.

"어찌하면 좋겠습니까?"

마가장주인 마봉구가 헐쑥해진 얼굴로 묻자 청운자가 대답했다.

"사람을 보내 알아봐야지 않겠나."

"제가 가겠습니다!"

"저도 보내 주십시오!"

마봉구를 선두로 하여 하남에 근거를 둔 이들이 너도나도 나섰다. 다들 불안한 것이다.

"진정하지 못하겠는가! 다 같이 우루루 몰려간다고 해서 해결될 일이 아니지 않는가!"

싸늘한 목소리에 정신이 번뜩 들었지만 그만큼 야속함도 샘솟았다.

"너무하십니다. 무당이 통째로 사라졌다고 해도 그리 말씀하실 수 있으시겠습니까?"

마봉구의 볼멘소리에 청운자가 미간을 찌푸렸다.

"자네는 설마 내가 무당의 일이 아니라 이렇게 얘기한다고 생각하는 겐가?"

딱히 뭐라 꼬집어 지적할 순 없지만 마봉구는 순간 청운자가 상처를 입었다고 느꼈다.

"아닙니다. 제가 의형제들이 걱정돼 이성을 잃었습니다. 어르신께서 그러실 리 없다는 걸 저도 여기 있는 다른 이들도 모두 알고 있습니다."

마봉구가 머릴 숙이며 사과하자 청운자가 고갤 조금 뒤로 젖혀 시선을 위로 들어 올렸다.

들릴 듯 말 듯 나지막한 소리가 흘러나온다.

"……나도 진가장에 친우가 한 명 있네. 건강이 나빠 특히나 걱정이 돼. 이러다 잘못해서 다음에 진가장에 갔을 땐 함께 바둑을 두지 못하게 될까 무섭네."

왕노였다.

게다가 그가 아니어도 청운자의 제자인 유호선의 본가도 하남에 있지 않은가.

동심회는 오랜 시간을 같이했다. 자신의 제자가 동심회 내 누군가의 아들이고, 친구의 제자는 자신의 제자와 친구 사이.

그렇게 자라는 걸 보고 함께 어울리며 공유한 시간과 기억이 자신들을 단단히 한 덩어리로 묶어 가족이 되게 했다.

누구 한 명을 따로 떼어낼 수도 세력의 크고 작음에 따라 중요도를 나눌 수도 없는 것이다.

완전히 엉망이 된 소회의실 대신 연회장으로 자리를 옮긴 사람들 사이로 침묵이 내려앉았다.

무림맹의 거대 문파나 세가와 자웅을 겨루며 승승장구해 결국 무림맹 그 자체가 된 동심회가 뿌리부터 덜컹거리고 있었다.

남궁영후는 자신이 가져온 흉보(凶報)의 파급력이 얼마나 대단한지 이제야 실감이 났다.

이것은 무림전쟁의 시발점이 될지도 몰랐다.

"혈사방일까요?"

봐라. 철면검객도 그들을 의심하지 않는가.

"황궁일 수도 있지."

진호철의 대답은 아직 동심회의 정보 깊숙이 관여하지 못하는 남궁영후로선 이해하기 어려웠다.

"후에 설명해 드리도록 하겠습니다. 하니, 아까 동생이 감정을 다스리지 못해 끝까지 듣지 못하게 됐던 이야기를 마저 해 주시겠습니까?"

아무래도 남궁영후의 생각이 표정에 고스란히 드러났었는지 진이현이 얘기했다.

자신들이 궁금한 것만 묻는 게 아니라, 그에게도 정보를 주겠다는 의미다.

물론 그걸로 계산을 끝맺으려는 건 아니었다.

남궁영후가 했고, 계속할 이야기는 그만한 가치가 있으니까. 진이현과 동심회 식구들은 큰 은혜를 하나 입은 거나 다름없었다.

"흐음. 그러니까…… 아까 얘기한 대로 진가장의 이공자가 금오상단과 인연이 깊다는 걸 알고 있던 우리 소가주의 청을 들어주기 위해 비밀리에 암향조를 보내 하남을 살폈네."

처음엔 금오상단으로 갔는데 소문대로 총단이 비어 있었다고 한다.

해서 정보를 좀 더 알아보기 위해 진가장으로 갔는데, 아뿔싸. 그곳 또한 문을 닫아 건 채로 사람의 흔적이 남아 있지 않은 게 아닌가!

아무리 암향조라 해도 그쯤 되니 많이 당황했지만 어둠 속에서 일하는 이들답게 금세 상황을 정리하고, 다음 순서로 금오상단과 진가장의 공통점인 동심회 소속인 다른 문파와 가문을 찾아 이동했다.

하나 돌아온 결과는 모두 같았다.

동심회의 핵심이라 할 수 있는 곳에는 남아 있는 이들이 없었던 거다.

어떻게 그럴 수 있을까?

동심회에 속해 있는 문파나 가문 사람들은 주위에 인망이 높다고 하니 그들이 사라졌다면 한바탕 난리가 났어야 하지 않겠나.

최소한 그만한 규모의 사람들이 빠져나갔다면 어디서든 목격이 되던지 소문이 났어야 옳았다.

그래서 암향조는 점점 범위를 넓혀 실종된 이들의 흔적을 찾았지만 실패했다.

나중엔 무림인들을 가장 잘 알아보고 기억할 수 있는 건 같은 무림인들이라는 판단 아래 동심회 식솔들에 대한 정보를 찾기 위해 인근 지역의 무림인들에게까지 접근해 봤지만 별 소득이 없었다.

뭔가를 알려 줄 만한 이들이 남아 있지 않았던 것이다.

그만큼 각 지역의 중소 문파와 가문들은 약해져 있었다. 자기들을 지킬 힘도 외부 사정을 살필 능력도 없어진 것.

금오상단과 동심회의 변고가 즉시 알려지지 않은 건, 비슷한 시기 한꺼번에 사라졌기 때문인 거 같지만, 그들이 사라진 경로 속에 목격자가 없다는 것도 한몫했으리라.

"진가장이나 마가장 같은 가문이나 무림문파는 주요 인물들이 모두 맹에 있는 관계로 하남 내에서 자체적인 외부 활동을 하지 않아 그랬다 쳐도, 금오상단은 하루만 문을 닫아도 거래처들이 줄줄이 난리가 났을 텐데 어찌 그럴 수가 있었는지 모르겠습니다."

진호철이 이마에 주름을 잡으며 말했다.

"그게…… 금오상단의 굵직한 거래처들은 별 피해 없이 계속 일을 하고 있다고 합니다. 뭔가 알아내려 했지만 절대 입을 열지 않으니 정말 필요한 정보라면 시간을 충분히 더 준 뒤 기다려 달라는 암향조의 연락이 왔었습니다."

"금오상단에서 사라기지 전 무슨 조치를 취해 뒀다고

생각할 수도 있겠습니다."

진호철의 주장은 일견 타당했으나……

"우리에게 연락도 하지 못하고 자취를 감춘 터에 그런 걸 할 만한 여유가 있었다는 건 말이 안 되지 않는가."

청기자의 반론에 부딪쳤다.

"두 분의 말씀이 모두 맞을 수도 있지 않겠습니까? 누군가 금오상단의 주요 인물을 인질로 잡은 뒤 한동안 자취를 감춘다 해도 소란이 일지 않도록 처치해 두라 협박했다면 말입니다."

가만히 듣고 있던 진이현이 끼어들었다.

아무래도 지금까지 들은 것들을 종합해 볼 때 진이현이 방금 한 이야기가 가장 타당성이 있는 것 같았다.

게다가 그런 식으로 일 처리를 했다면 진가장이나 다른 문파를 어떻게 움직였는지도 유추할 수 있었다.

자기 목숨을 살리기 위해서라면 목에 칼이 들어와도 절대 가문과 문파를 버리고 나갈 이들이 아니었지만, 다른 누군가를 위해서라면 주저 없이 그리했으리.

특히나 모용운지나 혜아처럼 동심회 식구들이 많은 도움을 받았고 친누이처럼 아끼는 이를 이용했다면 더 말할 것도 없을 것.

묵직한 기운이 연회장을 가득 채운다.

짝!

진호철은 박수(拍手)를 쳐 주의를 환기시켰다.

"오늘은 이만하는 게 좋겠습니다. 당장 맹을 나서서 천하를 헤맨다고 해서 그들을 찾을 수 있는 건 아닐 테니 말입니다."

"하지만……."

"그만하여라. 우리 때문에 먼 길을 달려오신 남궁 가주님께서도 이만 쉬셔야 하지 않겠느냐?"

그가 진이현의 반론을 꺾은 뒤 남궁영후를 향해 이어 말했다.

"머무시는 동안 필요하신 게 있으시면 언제든 말씀해 주십시오. 남궁세가는 동심회의 좋은 친구로, 우리는 오늘의 도움을 잊지 않을 것입니다."

"저는 신경 쓰지 않으셔도 됩니다. 동심회의 소중한 식구분들을 하루 빨리 찾으시길 바랍니다."

그 뒤로 몇 마디 인사가 더 오고 간 뒤 남궁영후는 진이현의 안내를 받으며 남궁세가의 처소로 갔다.

"휴우."

여전히 무표정했으나 눈동자에선 광포한 회오리가 치던 진이현이 사라지자 진호철은 이마에서 배어 나오는 땀을 손등으로 닦았다.

"오늘은 이렇게 마무리가 됐지만 내일 유청이가 일어났을 땐 또 사달이 날 텐데 어떻게 말려야 할지 모르겠군."

홍개가 입술을 질끈 깨문다.

동심회 사상 최악의 위기가 닥쳤다.

"맹주님께서 계신 곳에 문제가 있었다고 들었습니다. 우리 맹주님께선 괜찮으신 건지……"

이번이 몇 번째 사람인지 몰랐다.

처음엔 이채를 띠었던 남궁영후의 눈동자에 지금은 감탄이 깃든다.

무림맹의 변화라는 게 무림맹을 채우고 있는 이들의 면면만 달라진 것만이 아니라 이곳을 이루는 기조(基調) 자체가 달라진 거란 걸 자연스럽고 선명하게 느낄 수 있었던 것이다.

무림맹 하급 무사나 관리임이 분명한 이들이 맹주의 후계자이자 이름 높은 철면검객에게 말을 건다.

하나 그보다 더 놀라운 건……

"맹주님은 물론 아무도 다치지 않았으니 걱정하지 않으셔도 됩니다."

질리지도 않고 침착한 얼굴로 몇 번이고 같은 대답을 돌려 주는 진이현이었다.

그에 대한 남궁영후의 평가는, 너무나 뛰어나 재질과 천성적 오만함으로 주위 사람들을 주눅 들게 했던 남궁민보다 더해 보이는 이란 거였는데,

저걸 보라.

정말 그랬다면 진이현의 주위로 보통의 사람들은 다가오지 못하지 않았을까?

내세울 만한 가문이나 실력이 없는 이는 감히 다가갈 엄두도 내지 못하게 만들었던 남궁민처럼 말이다.

그리해 한 번 더 진이현을 잘 살펴본 남궁영후는 비슷한 듯했던 두 사람에게 완전히 다른 점을 발견하게 됐다.

눈빛.

사람에게 평가를 매기는 거 같은 남궁민의 눈과 서늘하지만 깊고 고요해 아무것도 재촉하지 않는 진이현의 눈, 말이다.

게다가 진짜 특이한 점은, 지위가 꽤 높아 보이는 이들은 오히려 멀찍이 서서 다가오지 못한 채 지켜보고만 있다는 것.

진이현은 아랫사람들에겐 어렵지만 불편한 사람은 아니고 어느 정도 지위가 있는 이들에겐 동경하면서도 무서운 사람인 모양.

"모용 소저가 자넬 선택한 이유를 알겠군."

남궁영후의 말에 진이현이 그를 돌아봤다.

모용운지. 그 이름이 가슴을 울린다.

"그녀를…… 아십니까?"

자존심 강한 남궁민이 그토록 잡고 싶어 했던 여자니

그의 아버지가 모를 리가 없겠지마는 진이현은 그런 뜻으로 물은 게 아니란 걸 남궁영후는 느꼈다.

“현명한데다 심지도 굳었지. 만약 그녀가 사내로 태어났다면 모용세가의 몰락이 그토록 어이없이 다가오진 않았을 거라는 얘기가 있었을 만큼.”

남궁영후는 모용운지를 참 마음에 들어 했다.

“……그랬습니까?”

진이현의 굳어 있던 눈가가 온화하게 누그러지는 게 남궁영후에게도 보였다.

남궁민이 했던 것 중 자신과 잘 맞았던 건 단 한 개도 없었지만 그녀를 향해 애태우는 것만큼은 안타깝고 잘되길 바라는 마음을 갖게 했었는데.

진이현의 저 모습을 보니 모용운지 본인을 위해선 가장 좋은 선택을 한 듯싶다.

그러고 보면 진가장의 첫째와 남궁민은 동전의 앞뒷면처럼 한 명이 해를 보면 다른 한 명은 음지로 가라앉을 수밖에 없는 운명인 듯.

같은 걸 바라보다 이긴 자가 모든 걸 가졌다.

자식의 자리를 뺏은 남자를 보는 아비의 마음은 어떤가?

하나, 남궁영후 자신이라고 해서 뭐가 다를까 하는 생각이 들기도 했다.

남궁민이 멀쩡할 땐 겁을 내고 두려워 해 상대하지 않으려 들다 그가 망가지니 그가 가진 걸 빼앗아 귀여워하는 자식에게 물려주려 하고 있지 않나.

그러니 비난할 자격은 애초에 없을지도.

해서 남궁영후는 불안한 신경을 후벼 아프게 하기 보단 힘이 될 이야기를 하기로 했다.

"별일 없을 거네. 모용 소저는 보기보다 훨씬 강한 사람이니까."

그렇지 않고서는 남궁세가를 움직일 수 있는 남궁민을 버리고 진이현에게 갈 수 없었을 거다.

"네. 저도 그렇게 생각하고 있습니다."

진이현이 대답했다.

조금 더 걸어가니 남궁세가가 머무는 숙소와 함께 가주를 마중 나온 이들이 보였다.

"오셨습니까?"

혼란의 때를 지나 살아남은 이들이다.

"아주 오랜만에 여러분과 마주하는 거 같습니다."

저들이 세가를 떠난 후론 처음이니 남궁영후는 이제 저들이 누군지도 가물가물할 정도였다.

"앞으론 자주 뵙게 될 테니 잘 부탁드립니다."

그들의 인사에 남궁영후가 곤란한 얼굴을 하더니 진이현에게 이만 가도 된다며 안내해 주어 고맙단 인사를 했다.

진이현은 그가 세가 내의 일을 처리하기 위해 외부자인 자신에게 자릴 피해 달라는 것 같아 얼른 인사를 받아들인 다음 왔던 길을 되짚어 갔다.

자신들만 남자, 남궁영후가 조금 늦은 대답을 했다.

"내내 맹에 머물다 오랜만에 세가로 돌아가면 낯선 일이 많겠지만 유능한 분들이니 금방 적응하시리라 믿습니다. 게다가 소가주는 앞으로도 맹이 아닌 세가에 머물겠다고 했으니…… 그 아이를 잘 보필해 주십시오."

거대 세가나 문파의 수뇌부는 무림맹에 머무는 게 당연시돼 왔으니 지금 남궁영후 이야기는 그들에게 명백한 좌천(左遷)이다.

"그게 무슨?"

무림맹에 머물며 남궁민을 위해 애썼던 자신들을 이렇게 버리려는 건가 싶어진 이들이 반론을 제기하려 했지만.

"가주님의 성정이 온화하셔서 그만한 거라 생각하십시오. 여러분께서 맹에 머무시는 동안 벌이신 사건 사고로 인해 본가가 입은 타격이 얼마 만큼인지 잊으시면 안 되지 않겠습니까?"

세가에서부터 여기까지 남궁영후를 호위하며 함께 온 장로들 중 한 명이 말했다.

남궁민이 실각했으니 그를 따르던 세력 또한 무너트리고 새로운 체계를 만들어야 하지 않겠나.

남궁영후가 남궁혁을 위해, 남궁민에게 선택받지 못해 세가에 갇혀 있던 이들과 한 협상이다.

동심회를 위한 정보를 갖고 가주인 자신이 직접 무림맹까지 온 이유 중 하나라고 할까?

일단 시작은 해 놨으니 그 다음은 남궁혁의 역량에 따라 남궁세가의 앞날이 달라지겠지.

남궁영후는 서로 기 싸움을 시작한 장로들 사이에 가만히 서 있었다.

그는 있는 듯 없는 듯 조용히 있는 것 하나만큼은 다른 누구보다 잘했으니 힘들지 않았다.

第五章

제갈미미의 선택!

"남궁세가의 가주가 직접 오다니. 너는 들은 얘기가 없는 게냐?"

제갈석의 물음에 제갈미미가 시선을 내리깔며 대답했다.

"제가 여기에서 지낸 지가 얼만데 그곳 소식을 알 수 있겠습니까?"

게다가 대체 남궁세가의 누가 자신에게 그런 이야기를 해주겠나.

"쯧!"

혀를 찬 제갈석이 제갈미미를 위아래로 훑었다.

보면 볼수록 마음에 들지 않는 것이, 쓸모는 없는데 뒤 처리할 건 많은 애물단지였다.

"그것 때문에 부르신 겁니까?"

그렇다면 이만 나가 보겠다는 듯이 제갈미미가 몸을 일으키려 하자 제갈석이 얼른 입을 열었다.

"아무래도 미미 네가 좀 다녀와야겠다."

"……어딜 말입니까?"

그녀가 갈 곳은 남궁세가와 이곳밖에 없으니 못 알아들었을 리가 없었지만 그녀는 일부러 되물었다.

"혼인 파기를 주재할 수 있는 우리 가주님이 도착하지 않으셨으니 너는 아직 남궁세가의 사람이 아니더냐? 남궁 가주가 왔는데 인사를 하지 않는 건 사람의 도리가 아니지. 하니 남궁세가의 동향을 살필 겸 가서 둘러보도록 해라. 나중에 우리 가주님이 왔을 때 뒷일을 어찌 처리할지 참고 할 수 있도록 말이다."

외부 출입이 불가한 상태로 감금당해 있던 제갈세가로 올 수 있는 이가 제갈미미 한 명뿐이었던 것처럼 마찬가지로 이곳에서 나가 남궁세가로 갈 수 있는 이도 그녀밖에 없었다.

하지만.

"가 봤자 옴짝달싹도 못하고 아무도 상대해 주지 않는 곳에서 제게 대체 뭘 하란 말씀이십니까?"

"남궁 가주가 왔다면 혼자 왔겠느냐. 맹에 머물던 남

궁세가의 기존 세력을 대거 물갈이하기 위해 남궁혁을 지지해 줄 이들을 물색해 왔을 테지. 하니 너는 제자리를 잃을 위기에 처해 불안해하고 있는 기존 장로들 옆에서 그들을 위로해 주려무나. 어차피 그들도 미미 너와 같은 남궁 대공자의 사람이었으니 어느 정도 동질감이 존재할 테지."

제갈미미는 순간 자신의 눈을 의심했다.

맞은편에 앉아 있는 이가 제갈석이 아닌 제갈건으로 보였던 것이다.

그렇다고 해서 제갈석이 원래, 소가주였던 제갈건과 닮은 구석이 많았나하면 그건 아니었다.

오히려 가주에 대한 충성심이 높은 데다 융통성이 적어, 제갈건이 마지막으로 반동심회 세력과 손잡고 내분을 일으키며 제갈세가의 장로와 당주들에게 도움을 요청했을 때 대부분이 마지못해 승낙했던 것과는 달리, 끝까지 거부하다 결국 제갈인창에게 제갈건의 전횡을 고해바친 전력까지 있었던 것이다.

한데 어찌 저렇게 말하는 것과 행동하는 게 비슷해질 수가 있는 거지?

설마, 저 자리에 앉게 되는 이는 모두 그러해지는 건가?

하면 제갈미미 자신의 아버지도 그러할까?

"여기서 조용히 헤어지는 수순을 밟으면 모를까, 갔다가 다시 돌아오려면 모양새가 심하게 나빠질 텐데 제가 왜 그래야 합니까?"

지금이야 벌써 소문이 난 상태이니 그대로 진행한다 해도 그럴 줄 알았다며 욕 좀 더 먹고 마무리 지으면 끝날 일이지만.

남궁세가로 가서 가주에게 인사를 한 다음 다시 대공자의 곁에서 지내게 되면, 소문은 믿을 게 못된다며 자기들끼리 찧고 까분 것에 대한 미안함으로 사람들은 제갈미미를 천하에 다시없을 현숙한 여인으로 만들어 버리리라.

그러다 후에 제갈미미가 남궁민과의 혼인을 파기하겠다고 선언한다면?

사람들은 또다시 휙 뒤집혀 역시나 그랬던 거라며, 괜히 편을 들어주었다고 화를 낸 다음 몇 배로 제갈미미를 지탄하여 독부(毒婦)로 만들지 않겠나.

"그게 무슨 상관이냐. 네가 구설에 오르면 곤란해지는, 가주님의 딸도 아니고, 앞으로 전면에 나서서 제갈세가를 이끌어 갈 인재도 아님에야, 나중에 본가로 가 조용히 지내다 보면 소문은 자연스레 사그라질 게다."

달래듯 얘기하지만 내용은, 네 주제를 잊지 말라는 뼈아픈 경고다.

제갈석이 제갈미미를 이용할 수 있을뿐더러 그녀를 통제하는데 도움이 될 족쇄를 달 기회를 놓칠 리가 없는 것이다.

"제가 세가의 약점을 잡고 있다는 걸 잊으신 듯합니다."

"미미, 네가 원하는 건 제갈세가가 존재해야 이루어질 수 있는 것들이지 않느냐. 설마 그 일을 크게 터트려 가뜩이나 위기에 처해 있는 제갈세가를 아예 못 쓰게 만들 생각은 아니겠지? 누가 뭐래도 우린 한집안 사람이 아니더냐. 도울 수 있는 건 서로 돕는 게 이득이지. 걱정 말거라. 네가 요청한 건 무슨 일이 있어도 들어주겠다고 약속할 터이니 말이다."

정말 싫었지만, 사람이 하고 싶은 거만 하고 살 수는 없다는 걸 이젠 아니까.

"알겠습니다. 그렇게 하도록 하지요."

제갈미미가 고개를 끄덕였다.

"차별이군."

제갈미미는 남궁세가의 숙소 안으로 들어가기 전 마주친 무림맹 무사들이 제갈세가에서 나올 때 본 숫자와 너무나 차이가 나 기분이 나빴다.

분명 저번에는 두 가문을 감시하는 무림맹 무사들의 숫

자가 비슷했었기에, 더.

"남궁 가주님이 온 이후 동심회의 남궁세가를 대하는 태도가 급변한 모양이군."

제갈세가에는 좋지 않은 일이다.

아마 신임 가주인 제갈인이 도착해도 이미 짜인 구도를 무너트리고 제갈세가에 유리한 고지를 점하기는 쉽지 않으리라.

"괜찮을 거야. 내가 도와드리면 되겠지."

제갈미미가 혼잣말을 중얼거리며 문을 통과했다.

"오셨습니까?"

총관부에서 미리 기별을 보냈는지 마중을 나오진 못했지만 문 안쪽에서 대기하고 있던 이들이 제갈미미를 맞이했다.

"아버님께서는?"

제갈미미는 익숙한 듯 그들의 인사를 무시한 채 자기 용건만 말했다.

"맹주님이 오셔서 이야기를 나누고 계십니다."

"아, 그래?"

제갈미미가 작게 신음을 흘리더니 남궁민이 사용하던 집무실 쪽으로 시선을 돌렸다.

다가가 어떤 대화가 오고 가는지 듣고 싶지만……

"손님이 가시면 알리도록. 아버님께 문안 인사를 드려

야 하니."

"알겠습니다. 그럼 우선 대공자님께 가시겠습니까?"

"……아니. 좀 쉬고 싶군."

남궁민이 폐인이 된 이후 제갈미미는 그와 따로 방을 쓰기 시작했다.

명목상으론 남궁민의 신경이 예민해 혼자 있고 싶어 한다는 거였지만 사실은 제갈미미가 남궁민을 보는 걸 견뎌하지 못했기 때문이었다.

사랑해서 혼인했다.

지금도 사랑하지 않는 건 아니었다.

다만, 자신이 사랑한 남궁민은 저 사람이 아닐 뿐.

제갈미미는 남궁민의 처소 쪽으론 눈길도 한 번 주지 않은 채 걸음을 옮겼다.

—내 일은 내가 알아서 잘할 테니, 유청이 너나 밖에 나가서 이상한 언니들하고 엮여서 고생하지 말아! 알았어?

"허, 참. 언니들과 얽혀서 고생할 게 뭐 있냐고, 그때도 내가 말하지 않았나?"

진유청 자신이야 그래 주시면, 그저 감사할 따름이라고.

—이이……! 그냥 언니들 말고 이상한 언니들!

"그럼 안 이상한 언니들은 괜찮나?"

장난기 가득한 목소리로 중얼거리던 진유청이 화들짝 놀랐다.

운다.

혜아가 눈물을 뚝뚝 흘리며 울었다.

단리혜는 영리하고 자존심이 강해서 우는 시늉은 해도 진짜로는 울지 않는다.

그런데…… 왜 울지?

누가 울렸지?

—유청아…….

"난가?"

—유청아…….

"나다."

그래, 나였던 거다.

내가 울렸다, 너를.

이번에도 소중한 걸 잃었다. 이번에도 지켜 주지 못했다.

이번에도…….

—유…….

허억!

헛바람을 들이킨 진유청이 눈을 번쩍 뜨더니 상체를 벌떡 일으켰다.

그리고 정신없이 주위를 둘러본다.

분명 혜아를 본 거 같은데 아무도 없었다.

진유청은 머리에서 발끝까지 식은땀으로 푹 젖어 마치 방금 강(江)에라도 빠졌다 나온 사람 같았다.

"일어났느냐?"

밖에서 진이현이 동생의 기척을 살피고 있었나 보다.

"네, 형님. 들어오세요."

진유청의 말에 문을 연 진이현이 동생에게 다가가다 흐릿하게 이마에 주름을 잡았다.

그리고 소맷자락을 당겨 녀석의 얼굴을 닦아 준다.

"나쁜 꿈이라도 꾼 게로구나."

"꿈이겠지요?"

"그럼. 당연히 꿈이지."

진이현은 동생이 이토록 불안해하는 건 본 적이 없었다.

그간 천하를 뒤흔들 만한 일들을 태연하게 처리하고 위기에 빠진 친구들을 수도 없이 도우며 익숙해졌을 만도 한데…….

동심회에 속해 있으나 무림과 가장 인연이 멀고 자기 몸을 보호할 능력이 없는 이들이 위험에 처해 있다고 생각하니 견딜 수가 없나 보다.

강자에겐 강하고 약자에겐 약한 성정은 적이 아닌 자기

편에게도 고스란히 투영돼 바르작거리는 작은 것부터 품에 안으려 들고 어찌할 바를 몰라 한다.

"무서워요, 형님. 형수님이, 혜아가, 단리 상단주님이, 우리 왕노와 유모가…… 날 찾고 있으면 어쩌지요? 날 원망하면 어쩌지요? 제때에 가지 못해서 그들을 구하지 못하면…… 그럼 어떻게 해야 하지요?"

진유청이 무표정한 얼굴로 입을 벌릴 때마다 마른 낙엽 같은 한숨이 한 장 두 장 떨어져 바닥을 어지럽힌다.

녀석은 알까, 자기가 지금 어떤 표정을 짓고 있는지.

어찌하냐.

이러다 내 동생 잘못되면 어이해.

진이현이 두 팔을 뻗어 진유청을 끌어안았다.

"괜찮을 게다. 걱정하지 마라. 나를 믿지? 내가 약속하마, 그럴 거라고. 꼭 그럴 거라고 말이다."

동생에게만 하는 말이 아니다. 진이현은 자기 자신에게도 다짐하듯 계속해서 되뇌었다.

둘은 그렇게 한참 동안 서로에게 의지해 마음을 위로했다.

"……큰일이구나."

홍개가 붉어진 눈자위를 손등으로 꾹꾹 누르며 말한다.

진이현이 진유청의 처소에서 나오자 언제 모인 건지,

자신이 있을 때만 해도 보이지 않던 동심회 어르신들이 모두 있었다.

그들은 안에서 두 형제가 나눈 대화를 모두 들은 듯.

“아무래도 책임감을 느끼는 거 같습니다.”

진이현이 자신이 생각한 바를 얘기했다.

자신들의 적은 녹록한 상대가 아니지 않은가.

스스로를 인신(人神)이라 칭하는 천하의 주인인 황제와 무림맹과 함께 무림을 이분하고 있는 혈사방이었으니 말이다.

그러니 위험한 건 앞에 나서서 싸우는 자신들만이 아니란 걸 염두에 두고 있었어야 했다는 거다.

“말도 안 된다. 위험이 미리 감지된 것도 아닌 상황에서, 혹시 모를 적의 습격에 대비하기 위해 몸을 피해야 한다며 하남을 들썩인 뒤 식솔들을 무림맹으로 불러들이기라도 했어야 했다는 게냐.”

있을 수 없는 일이라며 진호철이 고개를 저었다.

소중한 사람들을 지켜주고 싶은 건 누구나 같은 마음일 텐데……

수뇌부로서 모범을 보여야 할 동심회가 자신들과 연관된 이들만 특별 취급할 수는 없지 않은가.

남에겐 좀 더 너그러울 수 있어도 자신에겐 엄격한 잣대를 들이미는 게 당연한 동심회에서 그런 일은 있을 수 없었다.

"여태까지 우리가 유청이에게 받은 게 얼마나 많은가."

청기자의 이야기에 모두가 고개를 끄덕인다.

현재 천하를 밝히고 있는 동심회란 등불은 진유청에게서 시작된 거나 다름없었다.

"이번엔 유청이의 도움이 없이도 해내는 겁니다. 우리가 녀석을 지켜 줍시다!"

홍개가 눈을 부릅뜬 채 장렬히 외치다가 청운자에게 시끄럽다며 그럴 거면 방에 들어가서 유청이의 귀에 대고 외치지 그러냐는 핀잔을 듣고 시무룩해졌다.

청운자는 못 볼 걸 봤다는 듯이 그런 홍개를 외면한 다음 진호철과 진이현 부자에게 시선을 돌렸다.

하나 그가 정작 이 이야기를 하고 싶은 이는 문 건너편에 있는 누구, 라는 걸…… 안다.

"너무 걱정하지 말게. 모두가 최선을 다할 테니까."

이보다 더, 다정한 말을 청운자는 알지 못했다.

그리고 처음으로 그 사실이 아쉬워졌다.

"한데 저 녀석. 불안해하는 정도가 너무 심각한데……. 이현이 너는 혹시 왜 그런지 알아?"

장웅이 두터운 손바닥으로 머릴 긁적이며 묻는다.

가족이 위기에 처하면 이성을 잃을 정도로 놀라고 충격

을 받을 수도 있다.

하나 진유청 정도로 단련이 된 녀석이 그런다는 건 이해가 안 됐다.

무엇보다 사라진 이들이 잘못됐다거나 하는 증거가 나온 건 아니지 않은가.

정신을 차리고 자기가 어떻게 행동하느냐에 따라 결과가 완전히 뒤바뀔 수 있다는 걸 가장 잘 알 사람이 바로 진유청인 것이다.

그러니 혹시 예전에 이와 비슷한 일이 있었던 건 아닐까?

스스로를 지킬 능력이 없는 이들을 속수무책으로 잃어야 했던 경험이라든지.

물론 진유청이 갓 태어났을 때부터 지금까지 대부분의 시간을 지켜봐 온 장웅조차도 딱히 떠오르는 게 없긴 하지만 말이다.

"유청이는 소중한 걸 잃어 본 경험이 없다. 주위 사람들이 위험하면 구해 주고 다치면 지켜 주고 바라면 이루어 줬지. 설혹 길이 어긋나 서로 적이 된다 해도 웃으며 등을 돌렸다. 여태까지 그리했고, 한 번도 실패한 적이 없었는데…… 가장 위험에서 떨어져 있다 여겼던 사람들이 갑자기 자기 손을 벗어나 자기가 생각해 본 적 없는 어둠 속으로 사라진 거다. 아마 처음으로 두려움이란 걸 느끼지 않았을까?"

녀석은 이별을 모른다.

해 본 적이 없을 테니.

아마 그 녀석이 한 처음이자 마지막 작별은 미움은 없지만 사랑하지도 않는다고 못 박았던 자기의 친어머니가 아닐까, 진이현은 생각했다.

"그럴 수도 있겠군."

들어 보니 장웅도 웬만큼 수긍이 갔다.

"나도 두렵다. 만약 잘못됐을 시엔……."

진이현이 말끝을 흐렸다.

언제나 명확하게 맺고 끊는 진이현의 성격상 아주 드문 일이지만……

천하의 철면검객의 입에서 나온 두렵다는 말에 비할까.

장웅은 차마 아무 얘기도 할 수 없었다. 그건 주위에 있는 이들 모두가 마찬가지.

단 한 명, 진호철만 제외하면.

"너는 너를 믿으라 하지 않았느냐. 해서 네 동생도 나도 네 바람대로 너를 믿고 있건만…… 정작 이현이 너는 네 자신을 의심하고 있구나!"

차갑다 못해 매서운 꾸짖음이 진이현을 직격했다.

고개를 드니 조금도 흔들리지 않는 아버지의 눈동자가

자신을 지켜보고 있다.

정신이 번뜩 든다.

끼이익.

그때 문이 조금 열리며 진유청이 얼굴을 쏙 내밀었다.

"유청아!"

예상치 못한 일에 진이현이 눈을 크게 뜨자 진유청은 그를 흘겨보며 물었다.

"설마, 형님. 아버님께서 하신 말씀이 맞는 건 아니겠지요?"

"……그럴 리가 있겠느냐."

"흐응."

미심쩍은 듯 의심을 풀지 않는 진유청은 자기가 언제 사람들에게 걱정을 끼쳤냐는 듯이 아무렇지도 않은 것처럼 행동했다.

심술궂게 치켜 올라간 눈매, 한 점 흐림 없이 맑은 눈동자, 그리고 나른한 목소리까지 모두 평소와 같은.

만약 자신의 옷자락을 덥석 잡은 녀석의 손끝이 여전히 잘게 떨리고 있지 않았다면…… 진이현도 깜빡 속아 버렸을 터.

"네가 나를 믿어 주니, 나도 내가 해낼 수 있다는 걸 믿는다."

동생에게 자신의 진심이 전해지길 바라며 진이현은 진

유청의 머리 위를 큰 손으로 덮었다.

강아지처럼 형님의 손에 머릴 비비적거리며 진유청은 입안으로 속삭였다.

당신이 틀렸다고.

자신은 소중한 걸 잃어 본 적이 없는 게 아니라 소중한 걸 가져 본 적이 없는 사람이었다.

그래서 이제 와 손에 넣은 것들이 너무 애달프고 사랑스러워 견딜 수가 없노라고.

아무것도 없었고 한 번 가진 적 없던 이가 세상 빛나는 따스한 걸 잔뜩 품었다가 그걸 잃을지도 모르는 위험에 처했는데 어찌 제정신일 수 있겠는가.

처음부터 가질 수 있단 걸 몰랐던지, 아니면 뺏길 수도 있단 걸 몰랐다면 모를까.

형님, 이건 두려움이 아닙니다.

이것은 차라리, 공포.

자신의 손 닿는 곳에서 사라져 허공을 가르는 빈 손톱이 어둠을 긁어내 피를 흘렸다.

새카만 밤.

나뭇가지들이 뒤엉켜 얽힌 조잡한 나뭇잎 지붕에 난 틈 사이로 달빛이 줄기줄기 내려앉는다.

덕분에 겨우 앞을 식별할 수 있을 정도는 됐으나, 그뿐.

여전히 사람이 지나다니기엔 위험한 시간이었다.

한데……

드드득, 드드득!

사람도 아닌 마차 바퀴가 고르지 않은 흙길을 다지며 굴러가느라 억눌린 소리를 냈다.

"날이 밝기 전, 도착해야 한다."

제법 커다란 마차 옆에 바짝 붙어 말을 달리고 있던 이가 마부석에 앉아 있는 사내에게 말했다.

"네, 대주님."

대답한 사내가 속도를 높이기 위해 마차를 끌고 있는 두 마리의 말을 채찍으로 후려쳤다.

이히히힝!

말이 길게 울음을 터트리며 펄쩍 뛴다.

자연 마차는 한층 거칠게 흔들렸지만 사내는 이런 일에 능숙한지 조금도 놀라지 않고 마차를 조종했다.

"꺄아악!"

마부석의 사내 등 뒤, 커다란 수레 위에 얹어진 사방이 막혀 있는 네모난 상자 속에서 여자의 비명 소리가 들려왔다.

사내와는 달리 그녀는 얼마가 지나도 절대 이 험한 여행이 익숙해지지 않는 모양.

하나 마부석의 사내나 마차를 호위하듯 싸맨 채 말을

달리고 있는 이들 중 누구도 상자 안쪽에 관심을 갖지 않았다.

그들은 정해진 시간에 정해 둔 장소에 도착해 숨어서 낮을 보내고 다시 밤이 되면 미리 전달받은 경로를 통해 이동하길 되풀이하는 게 가장 중요한지 계획에 차질이 없게 하는 데만 열중했다.

"아얏!"

단리혜가 발갛게 부어오른 이마를 손으로 문지르며 울상을 지었다.

대체 이게 몇 번짼가.

저 무례한 놈들은 사람을 납치해 놓고 제대로 대우도 해 주지 않는다!

"괜찮으세요, 아가씨?"

사방이 막혀 있어 숨이 턱턱 막히는 상자 안엔 빛도 한 점 들어오지 않아 단리혜가 얼마나 다쳤는지도 확인할 수가 없었다.

"놀라서 그래요, 놀라서. 아파서가 아니라."

단리혜는 조량이 걱정할까 봐 거짓말을 했다.

안 그랬다간 또 저번처럼 난리를 부리다 밖의 무서운 사람들에게 칼질을 당하게 될지도 모르니까.

"조금만 참으십시오, 아가씨. 제가 이 목숨을 바쳐서라도 아가씨만큼은 꼭 탈출시켜 드릴 겁니다."

그는 납치를 당한 후 단리혜가 불안해 할까 봐 하루에도 몇 번씩 다짐하듯 맹세했다.

물론 그냥 하는 말은 아니다.

정말 자신의 목숨과 바꿀 수 있다면 그리하고 싶었다.

자신에게 새로운 인생을 살게 해 준 유청이를 봐서도, 별거 없는 자신을 친오라비처럼 대해 준 혜아를 위해서도.

그리고……

"또, 그 생각하세요? 그건 량 오라버니 잘못이 아니라니까요."

조량의 한숨소릴 들은 건지 단리혜가 그를 위로했다.

아무리 단리혜 자신이라 해도 어쩔 수 없이 조량과 같은 선택을 할 수밖에 없었을 테니까.

"그래도 어떻게든 맹으로 소식을 보냈어야 했는데 말입니다."

"량 오라버니 손엔 진가장 식솔들의 목숨이 달려 있었잖아요. 만약 정말 그런 위험한 짓을 했다면…… 전 언니의 목숨을 갖고 도박을 한 량 오라버니를 용서할 수 없었을 거예요."

단리혜 자신의 목숨이었다면 기꺼이 걸고 도전을 했겠지만.

"쿨럭!"

기침 소리가 들리자 단리혜가 손으로 바닥을 더듬어 가장자리에 누워 있는 할아버지에게 갔다.

"괜찮으세요? 이번에 멈추게 되면 공기가 너무 탁하니 숨 쉴 구멍을 만들어 달라고 할게요."

그만큼도 해 주지 않으면 그냥 죽으란 소린 줄 알 작정이다.

사실 단리혜는 그다지 고분고분하고 얌전한 아가씨가 아니었으니까.

"이 할아비는 신경 쓰지 말거라. 혜아, 네가 걱정이지."

험한 일을 당하면서도 내내 자신의 걱정뿐인 할아버지 때문에 혜아는 눈물이 왈칵 나올 뻔했다.

"대체 저들은 무얼 어떻게 하려고 이렇게 복잡하게 일을 꾸미는 걸까요?"

동심회를 노리고 있다는 건 알겠다.

여러 가지 상황으로 유추해 보건데 진가장과 금오상단을 덮친 이 사건은 하남 내 여기저기서 동시다발적으로 이루어진 거 같았으니까.

사실, 말이야 바른 말이지.

금오상단에 시키는 걸 제대로 하지 않으면 미리 납치해 두었던 진가장의 사람들을 죽이겠다니. 이런 협박이 통하는 거 자체가 동심회가 아니고서는 어려운 일인 것이다.

게다가 그것을 가능하게 한 규모.

아무리 하남을 주축으로 한 동심회 소속 문파나 가문들이 그리 크지 않다고 해도 금오 상단이 더해지면 얘기가 다르다.

그런데도 불구하고 저들은 깔끔하게 처리했다.

비록 금오상단 내부의 일은 조량을 이용해 조량에게 처리하도록 시킨 거지만 말이다.

조량은 금오상단과 오랜 동안 거래해 금전적 이득으로 묶여 있어 배신할 수 없는 거래처들을 활용했다.

모종의 이유로 잠시 상단의 문을 닫아야 하는데 큰 소문이 나길 원하지 않는다는 걸 골자로 말을 맞췄다.

약속이 아닌 계약을 한 것이니 자기들 상단이 망하기 직전이 아니고서야 비밀은 지켜지리라.

그렇게 상단의 정리가 마무리 지어지자 저들은 금오상단 인물들의 중요도를 나눈 다음 각각 따로 움직이게 했다.

낮에는 숨어 있고 밤에는 어떻게 저런 길을 알았을까 싶을 만큼 험한 산을 마차를 타고 이동했다.

가끔 중간 지점에서 다른 무리와 마주칠 때는 철저히 서로의 존재를 드러내지 않고 침묵한 채 시간을 보냈다.

어쩌다 다른 무리의 마차 안에서 사람 소리가 들렸을 때, 마가장의 성질 급한 의형제 중 한 명이란 걸 알게 됐다.

단리혜가 뭔가 꾸며 볼 엄두도 나지 않게 바로 조용해진 걸로 봐선 그분은 기절했거나 아니면 좋지 않은 일을 당했을 가능성이 컸다.

하니 이런 정도 일을 꾸며 동심회와 대적할 수 있는 세력은 그리 많지 않으리.

황궁이라든지, 아니면 혈사방.

아아, 둘 중 어디건 간에……

"씻게는 좀 해 주지."

유청이 자신을 구하러 왔을 때, 이런 꾀죄죄한 꼴로 만나긴 싫었다.

단리혜는 고개를 젖혀 빛 한 점 새어 들어오지 않는 위를 올려다봤다.

이 마차는 대관절 어디로 가고 있는 걸까.

거기엔 어떤 흉악한 일이 자신들을 기다리고 있을까.

사실은 아주 무서웠지만 그래도……

울지 않을 거다.

그래, 참을 거다.

꼭 와 줄 테니까.

단리혜는 몇 번이나 눈앞에 진유청의 얼굴을 그렸다가 지웠다.

第六章

연합(聯合)!

환성은 갖은 보물과 진귀한 물건들로 장식돼 있는 자신의 처소를 휘휘 둘러봤다.

모자란 게 없이, 모두 넘친다.

게다가 이곳은 평범한 저택이 아닌, 황궁에서도 화려하고 아름답게 꾸며졌다 소문나 있는 별궁.

황제가 특별히 환성을 위해 마련한 곳으로 모두가 부러워했다.

한데도 참 이상하지.

자신의 마음은 언제나 허하게 비어 있어 가볍게 두드려도 길게 울린다.

그럴수록 비교가 돼 더욱더 여기에 있고 싶지 않아졌다.

만약 오늘 여기에서 만나기로 한 사람이 있지 않았다면 그는 황제가 붙잡더라도 몸이 안 좋다 핑계를 댄 뒤 궁을 나섰으리라.

"들어가도 되겠습니까?"

시간이 되자 밖에서 익숙한 목소리가 들려왔다.

"어서 오십시오."

환성이 손님을 맞이하기 위해 자리에서 일어남과 동시에 문이 열리더니 이경찬과 황태자 주태민의 모습이 보였다.

"늦은 시간에 죄송합니다."

이경찬이 환성에게 예의 바르게 인사를 건네자 주태민이 미간을 찌푸린다.

"이 시간밖에 남들 눈에 띄지 않고 볼 수 있는 시간이 없어 그러는 건데 굳이 죄송할 게 무어야."

"그건 그거고, 이건 이거지요."

"너는 언제부터 그렇게 셈이 흐릿해진 게냐."

아무래도 주태민은 이경찬의 사과에 자기까지 얹어진 거 같아 상당히 불쾌했던 모양.

처음 만나 손을 잡기로 한 이후 이것이 세 번째인데도 저 둘의 관계는 나아질 줄을 몰랐다.

결국 중간에 낀 이경찬만 죽어난다.

지금만 해도, 봐라.

찬바람이 쌩쌩 도는 가운데 이경찬 혼자 어쩔 줄 몰라 하며 서 있지 않은가.

환성은 이경찬에게 호의를 갖고 있던 터라 그를 곤경에서 구해 주기 위해 먼저 입을 열었다.

"요즘 연이상단의 움직임이 심상치 않던데 뭐가 확인된 게 있습니까, 태자 전하?"

주태민은 자신의 수하인 이경찬을 환성이 신경 쓰는 것도 마음에 들지 않았으나 일단 손을 잡은 상태.

일은 진행해야 하지 않겠나.

"황제 폐하께서 직접 움직이신 거라 자세한 사항은 알 수 없었으나 꽤 많은 수의 무사들과 함께 말과 마차 등의 운송 수단이 사라졌다는 보고를 들었습니다."

"뭔가를 옮기려는 모양인데…… 그게 뭘까요?"

환성도 대답을 듣기 위해 묻는 건 아니다.

그저 혹시나 싶어 자기 스스로 생각을 정리해 보는 차원에서 입 밖에 내어 본 것뿐.

물론 그래 봤자 짐작도 가지 않았지만.

하나 저, 황제 폐하께서 하시는 일이라면 분명 시커먼 꿍꿍이가 있는 거겠지.

환성의 얼굴이 딱딱하게 굳었다.

그는 황제를 생각하기만 해도 속이 답답해졌다.

이대로는 평생 악몽에 시달리며 황제의 꼭두각시 노릇

을 하게 되리.

우습게도, 너무나 어이없지만…… 그럼에도 불구하고 환성은 스스로 죽을 마음은 먹지 못했다.

황제는 그것을 자기가 허락해 주지 않아서, 라고 했지만 환성은 생각한다.

환성 자신이 죽지 못하는 건, 자신이 죽는다 해도 황제는 아무런 타격도 입지 않을 거 같아서가 아닐까 하고.

황제의 총애가 어떤 건지는 서경왕 주익이 죽는 날 너무나 똑똑히 보아 잘 알고 있으니까.

"차, 한잔 따라 드릴까요?"

이경찬이 환성의 새하얗게 질린 얼굴을 보고 물었다.

가끔 연이상단주, 저 사람은 참 나이에 안 맞게 여리고 안쓰러워 보였다.

저런 사람이 대체 어찌 반역과 같은 무서운 짓을 저질렀을까?

자기 죄를 덮겠다고 천하를 음모의 소용돌이 속에 밀어 넣고 나채환과 초린대를 죽이려 했던 걸 떠올리면…… 이경찬은 정말이지 환성보다 환성을 그렇게까지 몰고 간 황제 폐하에 대한 두려움이 샘솟았다.

이경찬은 아직 어렸다.

모두가 똑같은 상처를 갖는다 해서 그 모두가 악마의 얼굴을 하지는 않는다는 걸, 몰랐다.

그렇기에 그중 누군가는 부처가 될 수 있다는 것도 이해하긴 어려웠다.

현재 자신의 모습은 스스로 한 판단으로 인한 결과로 자신은 앞으로 그 얼굴을 하고 살아가야 할 책임이 있고.

이경찬 본인 또한 예외는 아니란 걸.

"아, 괜찮다네."

숨을 고른 환성이 고개를 저었다.

그리곤 이경찬을 향해 웃어 보인다.

황태자의 측근이라 경계하는 마음을 버리고 나니 볼수록 마음에 드는 청년으로 자신과 꼭 닮았다.

그러니 황제 주찬성을 빼다 박았다는 황태자가 끼고 돌며 손에서 놓지 않으려 하는 거겠지.

저 포악한 핏줄을 달랠 제물로.

환성은 제이의 연이상단주란 이름에 치를 떨었던 걸 생각하면 아직도 황태자와는 마주 앉고 싶지 않을 정도였다.

만약 황태자 주태민이 환성에게 자유를 약속해 주지 않았다면, 그는 절대로 마음을 바꾸지 않았을 터.

이렇듯 둘의 필요가 부합해 함께하고 있는 것만으로도 서로가 낼 수 있는 인내심을 모두 사용하고 있는 터라 관계 개선을 위해 쓸 여력 따위는 없었다.

"이제 와 황궁을 옮기시려는 건 아닐 테고, 국경 지역에서도 별 다른 기미는 없다고 하니, 무림의 일과 연관돼 있지 않을까 싶습니다. 무림의 일은 동심회가 맡고 있으니 그들이 알아서 할 테지요. 다만 동맹에 대한 예의로 사람을 보내 알려 주는 정도는 해야겠습니다. 숙부도 크게 신경 쓰실 필요 없으십니다. 우린 당장 처리해야 할 다른 일들이 산처럼 쌓여 있지 않습니까."

무림의 존재를 인정하고 그들의 평화를 새로운 황제의 이름으로 약속하겠다고 한 것은 지금도 앞으로도 유효하다.

황태자인 자신의 한마디는 천만금보다 무겁고 귀하니, 그걸 깨는 건 황위에 오를 자로서의 긍지를 부수는 거나 다름없지 않겠나.

그렇지만 그와는 별개로 주태민은 동심회에 대해 좋은 감정 따위는 눈곱만큼도 없었다.

황제에 대한 증오가 워낙에 커서 그렇지, 일개 무뢰배인 진유청에게 당한 치욕을 잊기란 불가능했으니까.

게다가 그들은 쓸모가 있고 황태자 자신에게 아주 필요한 존재였다.

꽤 비싼 값을 치르기로 약속한 것이니만큼 황제가 되기 전까지는 쓸 수 있는 한 써 줘야지.

"알고 있습니다. 해서 이틀 후 육부(六部)의 실세들과 모일 자리를 만들어 두었으니 이 공자를 보내도록 하십시오."

육부는 최고 행정 실무 기관으로 이, 호, 예, 병, 형, 공의 여섯 개의 부로 돼 있었는데, 환성이 내민 줄은 그중 두 곳의 우두머리인 정이품 상서로 한 명만 이어져도 좌우로 뻗은 연줄을 가질 수 있는 기회가 생기는데 둘이라면 그보다 좋을 수 없었다.

황태자는 황제를 누르기 위해 보다 강력한 관(官)의 지지가 필요했고.

그걸 기반으로 황제를 고립무원(孤立無援)에 빠지게 하여 스스로 퇴위(退位)하게 만드는 것이 두 사람의 계획이었는데……

환성은 주태민이 예상했던 것보다 훨씬 쓸모가 많았다.

어쩌면 오랜 시간 동안 황궁을 드나들며 환성이 얻은 것들은 황제가 아는 것과는 다른 게 아닐까?

주태민이 환성을 바라보며 말했다.

"경찬이보다는, 윤경이 나을 거 같습니다."

이미 황궁에서 모르는 이가 없는 자신의 최측근인 이경찬 대신 대학사의 자제가 완전히 황태자의 그늘 아래 몸을 의탁하기로 했다는 걸 보여 주는 게 나을 거라 여긴 거다.

"태자 전하께서 좋으실 대로 하십시오."

환성은 여기까지가 할 일.

그걸 이용하는 건 전적으로 주태민의 몫이었고. 그는

아주 잘해 가고 있었으니까.

"일전에 말했던 건 어찌 됐습니까?"

관의 이야기가 끝나자 이번엔 주태민이 환성에게 일의 경과를 확인한다.

"태자 전하께서 가르쳐 주신 곳으로 막수곤을 보냈습니다. 연이상단을 처음 만들었을 때부터 저를 대신해 업무를 본 경험 때문인지 어렵지 않게 자릴 잡고 있는 거 같습니다."

"잘됐습니다."

주태민이 고개를 끄덕였다.

이렇듯 서서히 포위를 죄어 가다 결정적인 순간, 황제의 목을 조르리라!

그러기 위해선 무림에서 일이 터져 줘야 한다.

그것도 아주 큰 것으로.

황제의 시선이 온통 밖으로 쏠릴 수 있게.

주태민은 연이상단에서 빈 숫자들을 머릿속으로 떠올리며 그것들이 수십, 수백 배로 부풀어 올라 무림에 거대한 폭죽을 터트렸으면 좋겠다고 생각했다.

환성과 논의가 끝난 주태민은 이경찬과 함께 별궁을 나섰다.

해 공공이 알려 준 길은 별궁 입구와 통하지 않고 인적이 드문 산책로를 빙 둘러 갔기에 두 사람은 아무도 만나지 않고 황태자의 궁까지 도착할 수 있었다.

"오셨습니까?"

입구에서 기다리고 있던 손정우와 윤수일이 머릴 굽혀 두 사람을 맞이했다.

황태자가 이경찬만 동행한 채 한 번씩 밤에 궁을 비운다는 걸 알기에 걱정이 돼 대기하고 있는 것이다.

"별진무는 오늘도 보이지 않는군."

주태민이 두 사람의 어깨 너머를 훑어본 다음 말했다.

"아, 그게……."

손정우가 뭐라 변명하려 했지만 이어 갈 이야기가 떠오르지 않는다.

"내일은 나오라 전하겠습니다."

대신 윤수일이 비교적 간단히 넘어갈 수 있도록 상황을 정리했다.

"오기 싫으면, 말라 하여라. 궁의 인재가 견성 하나만 있는 건 아닐진대 너희는 아직도 초린대 대장은 녀석뿐이라며 열렬히도 기다리는구나."

그렇게 말하는 황태자도 잊지 않고 계속해서 나채환을 찾고 있다는 걸 아는지, 모르는지.

환성을 상대하느라 심기를 소모한 주태민이 나채환으로 인해 더 기분이 가라앉기 전 이경찬이 화제를 바꿨다.

"윤 천호님은 어떠십니까? 금의위에 적응을 잘하신 거 같습니까?"

초린대가 연이상단이 저지른 반역의 증거를 가지고 서안에서 빠져나올 때 그들을 위해 적의 미끼가 돼 죽을 뻔했던 윤중현과 조겸의 이야기를 들은 황태자가 직접 둘의 안위를 챙긴 뒤 북경으로 불러들여 곁에 둔 것이다.

특히나 군에서 잔뼈가 굵어 투박하고 믿음직스러운 윤중현을 주태민은 꽤 마음에 들어 했고.

살아남기만 하면 뒤는 별진무가 알아서 봐줄 테니 걱정하지 말라 큰소리를 탕탕 쳤던 진 공자님, 을 황궁에 와서 찾은 얼빠진 조겸은 약간 미운 털이 박혀 있는 상태.

"좀 답답해하시는 거 같긴 하지만 잘 지내고 계십니다."

윤수일이 대답했다.

"태자 전하께선 그분을 폐하의 곁을 오래 지켰고 저번 역모에 가담하진 않았으나 밑에 있는 이들이 불온한 일에 연루된 데 책임을 지고 물러난 전 도지휘사 박찬희 어르신처럼 되도록 밀어주고 싶어 하시니, 옆에서 신경 써 주십시오."

예전에 나채환에게 이 이야기를 들었을 때 미리 황태자와 얘기해 두었던 부분이었기에 이경찬이 웃으며 말했다.

전 도지휘사 박찬희가 윤중현과 각별했음을 지켜본 손

정우의 눈이 반짝거린다.

"네! 맡겨만 주십시오!"

오랜 시간은 아니지만 함께 목숨을 나눴던 동료가 아닌가. 살아 있어 주어 고맙고, 그들을 잊지 않고 챙겨 주는 태자 전하의 마음 씀씀이에도 감사하지 않을 수 없었다.

성질 나쁜 나채환이 없는데 왜 더 칙칙해지기만 하는 건지 모를 초린대에 간만에 활기가 돈다.

"쯧!"

적절한 때에 부드럽게 상황을 푼 이경찬을 칭찬해 줄 법도 한데 주태민은 그러지 않았다.

이경찬은 주인의 혀 차는 소리에 고소(苦笑)를 지었다.

어울리지 않는다고 몇 번이나 말하느냐, 라고 오히려 탐탁지 않아 하는 게 눈에 선했기 때문.

그나저나, 채환이 녀석을 진짜, 어찌한다?

나채환은 황태자가 환성과 손을 잡았다는 사실을 알고는 그대로 몸을 돌려 이가장으로 간 다음 다시는 입궁하지 않았다.

이청강을 배신할 수도, 그렇다고 이경찬을 등질 수도 없었을 테니 당연한 선택이다.

황태자도 그렇게 생각할지는 알 수 없지만 적어도 이경찬은 나채환의 괴로움을 알기에 그냥 놓아 두고 싶었다.

하지만 황태자의 계획엔 팽가가 포함돼 있었으니.

"누이가 있다고 했는데."

이경찬이 저도 모르게 중얼거린 목소리가 제법 컸던 모양.

"누이? 그게 내 누이인 서희는 아닌 거 같고. 어딘가의 새로운 누이인 거 같은데…… 말해 보아라, 누구냐?"

황태자 주태민이 지대한 관심을 보였다.

이경찬을 풍류공자가 되게 하는데 한몫 단단히 보탰던 그가 아니던가.

이경찬이 난감해하는 기색이 역력하자 주태민의 얼굴에 웃음기가 돌았다.

"양효림의 사촌 누이가 우연히 술자리에서 시를 읊는 너를 보고 한눈에 반해 소개해 달라며 자기를 들들 볶는다고 하소연을 하더구나."

서희 무서운 걸 아는 양효림이다 보니, 감히 이경찬을 빼돌릴 생각은 하지 못하고선 말이다.

하긴, 화산에서 터졌던 진천뢰를 추적하다 점창 장문인 최석에게까지 닿았으면서도 황제가 무서워 연이상단주의 이름을 밝혀내지 못한 걸 봐도……

양효림은 사내다운 생김이나 호방한 성격에 비해 뒷심이 없어도 너무 없다니까?

전자에서 후자로 이어지는 상관관계가 약간 애매하긴 하지만 그래도 이거 하나만큼은 확실한 게 하나 있다면!

주태민 자신은 최소한 꽃은 많을수록 좋고, 향기는 진할수록 나비를 부른다는 진실을 이경찬에게 똑똑히 전해줄 수 있었을 거라는 사실!

물론 풍류공자(風流公子)의 진정한 가치는 풍류는 알지만 주색은 탐하지 않고 한 송이 꽃만 바라보는 지고지순함이라고들 하니……

그들은 이경찬이 아닌 서희의 남자를 갖고 싶어 하는 것일지도 모르지만 말이다.

어쨌건 그와는 별도로 주태민은 궁금한 걸 참아야 할 이유는 찾지 못했다.

"그래서 어느 가문의 누이라고?"

잠시 머뭇거리던 이경찬이 입을 열었다.

"나채환과 꼭 닮아 있는 여인이 팽가의 안채에 머물고 있다고 합니다."

"눈에 확 띄는 미인이긴 하겠으나, 내 마음에 들 꽃은 아니겠구나. 난, 서리 내린 매화보다 화사한 장미를 좋아하니까."

더는 묻지 않은 주태민이 처소로 걸어 들어간다.

이경찬은 멀어지는 황태자의 뒷모습을 물끄러미 바라봤다.

나채환이 없어 쓸쓸한 건 자신만은 아닌 거 같았다.

"어떻게 가주가 우리에게 이럴 수 있는지 모르겠네."

기존에 무림맹에 머물던 남궁세가의 장로들이 얼굴이 울긋불긋해져서 남궁민을 찾아왔다.

아니, 정확하게 얘기하자면 남궁민의 옆에 있는 제갈미미에게 온 거겠지만.

"그러게 말이에요. 모두 세가를 위해서 한 일인 것을……."

그녀가 맞장구를 쳐 주면서도 한편으론 저들이 속이 타긴 탔구나 싶어진다.

그러지 않고서야 폐인이 된 후 무시하며 지냈던 남궁민과 제갈세가에서 돌아온 이후에도 한 번 찾지 않았던 제갈미미에게 이렇듯 갑자기 들이닥쳤겠나.

"생각해 보게. 무림맹에 혼란을 야기시킨 죗값을 묻겠다고 하는 건 우리에게 명령을 내렸던 남궁 대공자에게 벌을 주겠다는 뜻인데, 몸도 성치 않은 대공자에게 어떻게 그리 매정할 수가 있는지……."

아아.

제갈미미가 실소를 흘렸다.

남궁민을 필두로 했던 기존 세력과 가주를 등에 업은 신진 세력의 다툼으로 한동안 시끌시끌하더니만 아무래도 이들이 진 모양.

우두머리가 없으니 처음부터 열세였고 잘못한 건 명백

하니 그동안의 공을 내세워 어떻게든 버텨 보자며 배짱을 부렸나 본데, 가주가 맹주까지 끌어들여 죄를 논하니 꽁지 만 개 꼴이 돼 도망쳐 온 곳이 바로 여기.

제대로 움직이지도 못하는 이에게 모든 걸 떠넘기려고.

하지만 제갈미미에게 중요한 건 그게 아니었다.

남궁세가의 장로들이 죗값을 치러야 한다면, 제갈세가는 그보다 더한 걸 내놓아야 한다는 거.

제갈세가의 가주가 된 제갈인이 곧 무림맹에 도착한다고 했으니 이 정보를 알려 줘야 할 텐데.

남궁세가의 결의를 모르고 괜히 어설픈 패를 내놓았다가 중인환시에 신임 가주가 당황하는 모습을 보여선 안 되지 않겠나.

"한데 대공자의 상태가 꽤 좋아졌나 보네. 쉬이 잠들지 못하고 깨어 있을 땐 난동을 부리며 자해를 한다 하더니, 우리가 이렇게 큰소리를 냈는데도 일어나지 않는 걸로 봐선……."

"몸을 보하는 약을 먹고 있는데, 몸에서 빠져나간 기운을 보충하게 하는 건지…… 잠이 늘었네요."

제갈미미의 말에 장로들이 헛기침을 한다.

"흠, 흠. 그랬군. 어쨌건 우린 우리 뜻을 알렸으니 이만 가 보도록 하지. 자네가 수고 좀 해 주게나."

자기들이 생각해도, 눈도 못 뜬 대공자 앞에서 너무했

다 싫었는지 장로들이 우수수 빠져나갔다.

다음 날.

"아버님, 문안 인사 드리러 왔습니다."

제갈미미가 남궁영후의 처소 밖에 서서 말한 다음 대답을 기다린다.

그러나 꽤 시간이 지났음에도 안에선 아무런 기척도 들려오지 않았다.

"아직 주무시는 건가?"

그녀가 고갤 갸웃거릴 때, 저편에서 남궁영후와 무림맹주 그리고 철면검객이 함께 걸어오고 있었다.

이렇게 이른 시간에, 어쩐 일이지?

제갈미미가 의아한 듯 그들을 바라보다, 그녀의 시선을 느낀 진이현과 눈이 마주쳤다.

그녀는 그에게 형식적으로 머리를 까닥거려 보였지만 그가 자신의 인사를 받지 않고 고갤 돌리자 눈에 새파란 기광이 번뜩였다 사라진다.

그는 그녀에게 많은 걸 빼앗은 원수이고, 승리자였다.

대체 뭐가 불만족스러워 그녀를 무시하기까지 한단 말인가?

하지만 그는 생각이 달랐다.

그는 정말이지 그녀라는 존재에 대해 질릴 대로 질려서

마주 보고 서 있고 싶지도 않았던 것이다.

살기 위해 필사적인 건 추한 게 아니다. 그러나 자기가 살기 위해 남을 해치는 방법밖에 모른다면……

그걸 어찌 사람이라 할 수 있으리.

사람이 살아가는 방법이라 할 수 있으리.

심연과 같은 진이현의 검은 눈동자가 자기를 향하자 제갈미미는 저도 모르게 뒷걸음질 쳤다.

그리곤 남궁영후와 손님들 앞에서 실수를 했단 생각에 얼른 정신을 차리곤 입가를 양쪽으로 잡아당겼다.

"어디 다녀오시는 길이신가 봅니다."

"……네가 웬일이더냐?"

제갈미미를 보는 남궁영후의 안색이 좋지 않았다.

"문안 인사를 드리려고 온 참이었습니다."

물론 다른 부탁할 것도 있었다.

"혹시 제갈세가 가주님의 예정이 당겨져 어젯밤 늦게 맹에 도착했다는 소식을 벌써 들은 게냐?"

"그, 그렇습니까?"

제갈미미의 얼굴이 환해진다.

고르고 가지런한 흰 이가 언뜻 드러났다 사라졌다.

"나는 네가 그 소식을 듣고 맹주님께 청을 넣어 달라고 내게 부탁해 제갈세가에 다녀오려고 하는 건 줄 알았다."

그녀의 친아버지가 제갈인이라는 건, 다들 알고 있는

사실이니까.

제갈미미는 제갈인이 도착했을 때 제갈세가로 가도 되냐고 묻기 위해 온 게 맞긴 했지만 그게 오늘이 될 줄은 몰랐다.

하나 굳이 있는 그대로 얘기할 필요는 없지 않겠나?

"그래서 온 건 아니었지만…… 얘기가 나온 김에 맹주님께서도 함께 계시니 허락을 해 주시면 더 좋겠습니다."

제갈미미가 살며시 시선을 내리며 조심스럽게 물었다.

"가지 않는 편이 좋을 거 같구나."

"네?"

"가뜩이나 이런저런 얘기가 많지 않았느냐. 지금은 그냥 네 남편 곁에 있어라."

남궁영후의 말에 제갈미미가 어금니를 꽉 깨문다.

제갈세가에서 돌아온 이후 나쁜 소문은 사그라졌지만 그녀가 남궁민과 각방을 쓰며 그를 방치하고 있다는 얘기가 돌자 다시금 시끄러워졌다.

해서 그녀는 제갈인이 오기 전에 더 이상 주목받는 일은 사양하고자 남궁민과 다시 한 방을 쓰게 됐던 거다.

한데도 저런 말을 들으니 억울하고 화가 났다.

"보내 주세요. 저는 가고 싶습니다."

제갈미미가 고개를 빳빳이 든 채로 남궁영후에게 요구했다.

남궁영후는 그녀를 물끄러미 바라보다 손을 바깥쪽으로 내저었다.

"가거라. 더는 말리지 않으마."

강경한 반대에 부딪칠 거라 여겼건만 의외로 바로 포기하는 게 의아했지만 중요한 건 허락을 받았다는 거다.

그녀는 남궁영후의 옆에 있던 진호철을 힐끔거렸다.

"남궁 가주님이 괜찮다 하셨으니 편한 대로 하게나."

진호철도 별다른 반대 없이 순순히 고개를 끄덕이자 제갈미미는 얼른 몸을 돌려 정문 쪽으로 나아갔다.

"죄송합니다, 맹주님. 따로 주의까지 주셨는데도 이렇게 됐습니다."

그녀의 뒷모습이 문 밖으로 빨리듯 사라지자 진이현이 진호철에게 말했다.

진호철이 고갤 가로 젓는다.

"그게 어찌 네 탓이겠느냐."

진이현은 자기가 움직일 수 있는 힘을 동원해 제갈세가와 남궁세가를 틀어막고 제갈미미를 감시했다.

그렇지만 제갈미미가 인정과 천륜에 호소해 감시에서 벗어날 정당한 사유를 만드는 걸 어쩌겠나.

게다가 그녀에게 비집고 들어갈 틈을 준 건, 진이현이나 동심회가 아니었다.

"밖으로 나오지 못하게 하는 게 아니라, 안으로 들어가지 못하게 했어야 하는 건 줄은 정말 몰랐습니다."

그런 게 어찌 집이라 할 수 있겠나. 한데도 굳이 그곳으로 돌아가고야 만 그녀는 또 어떻고.

"여기는 저같이 평범한 사람은 오래 있을 곳이 못되는 거 같습니다."

남궁영후가 고개를 설레설레 저으며 말했다.

그는 남궁혁이 왜 소가주로서 불리한 점이 한둘이 아닐 텐데도 불구하고 평생 안휘에서 벗어나지 않겠다고 선언했는지 알 것도 같았다.

남궁세가의 숙소를 나온 제갈미미는 자꾸 등 뒤가 허전했다.

꼭 뭔가를 놓고 나온 사람처럼.

하지만 그런 게 없다는 걸 가장 잘 알 사람은 자신이기에 또박또박 제갈세가를 향해 걸어갔다.

"아버님도, 참. 아무리 장로님들 눈치 보느라 힘들어도 그렇지, 도착했다고 연락 정도는 해 주셨으면 좋았을 텐데."

나직하게 중얼거리며 투덜대다 보니 어느새 제갈세가의 정문 앞이다.

그녀는 당연하다는 듯이 안으로 들어가려 했지만……

"무슨 일로 오셨습니까?"

눈에 익은 무사 하나가 그녀를 가로막았다.

"감히……!"

제갈미미가 인상을 찡그리며 그를 노려보자 사내가 움찔하면서도 물러나지 않았다.

제갈미미는 가문의 일개 무사에게 직계 혈통을 막아설 용기 따위가 있을 리 없다는데 생각이 미쳤다. 하면, 이건?

"누가 나를 세가로 들이지 말라 했지?"

"그게……."

무사가 우물쭈물 바로 대답을 하지 못하자 제갈미미의 기분은 더욱 불쾌해졌다.

정문 앞에서 이런 실랑이를 벌이고 있고 지나가던 이들이 하나둘 그런 자신을 구경하고 있다는 불쾌함을 견딜 수 없었기 때문이다.

"빨리 말하래도!"

그녀의 언성이 높아졌을 때, 정문 안쪽에서 한 무리의 사람들이 걸어 나왔다.

제갈석을 비롯한 장로들과…… 그리고 가주인 제갈인.

아주 오랜만에 만나는, 자신의 아버지.

그녀가 그리움을 잔뜩 담은 눈으로 그를 바라보며 입을 열려 할 때 그가 먼저 대답했다.

"나다."

제갈미미는 즉시 이해하지 못하고 미간을 찡그린 채 의아해하다가…… 주먹을 강하게 말아 쥐었다!

아버지가, 자신을 들이지 말라고 한 장본인이라고?

"이리로 올 줄은 몰랐다. 남궁 가주님은 만나지 못한 게냐?"

"방금 뵙고 오는 길입니다만……."

"그분이 아무 말씀도 안 하시더냐?"

"가지 말라고. 그냥 그이 곁에 있으라고 하셨습니다만…… 가주님을 봬야겠기에 부탁을 드려 허락을 받았습니다."

별다른 표정 변화가 없이 서 있던 제갈인이 제갈미미의 그 말엔 꽤나 놀랐는지 눈을 크게 떴다.

"그가? 그런 말을 했다고?"

"제가 모르는 일이 있었던 겁니까? 가주님께서 무슨 말씀을 하시는 건지 도통 이해가 되지 않습니다."

제갈미미는 자신이 멍청하다곤 생각해 본 적이 없는데, 오늘은 마주치는 사람마다 들리는 이야기마다 너무 이상했다.

"어젯밤 내가 무림맹에 도착했을 땐 동행해 온 제자 중 상당수가 음식을 잘못 먹고 탈이 나 몸이 좋지 않았다. 당연히 제자들은 약왕전으로 갔고 나도 그들이 걱정돼 함께 가 보았지. 한데 약왕전 전주가 내 신분을 알아보고 너에 대한 이야기를 하더구나."

약왕전의 이름이 나오자마자 안색이 급변한 제갈미미가 몸을 덜덜 떤다.

하나 제갈인은 차분하게 말을 이었다.

"맹 내에서 현재 숙소 외 바깥출입이 자유롭지 않은 곳은 남궁세가와 제갈세가뿐으로 필요한 약재는 총관부에 부탁해 받아 간다고 하던데…… 요즘 네가 몸이 안 좋고 불안해 잠을 이루지 못한다며 독한 약재를 많이 주문했다 하더구나. 네가 부탁한 대로 탕약을 지으면 깊은 잠을 잘 순 있지만 몸에 무리가 가고 특히나 심신이 허약해진 환자들에겐 먹여선 안 되는 거라고."

"……그만하세요."

제갈미미가 부탁했지만 그는 멈추지 않고 이어 말했다.

"그런데 그가 말하는 약재 중에 미미 너는 먹어선 안 되는 약재가 있더구나. 네가 어려서 많이 아팠을 적에 그 약재를 먹고 병세가 악화돼 정말 큰일 날 뻔했던 적이 있어서…… 너도 기억하고 있을 게다. 물론, 나도 기억하고 있고. 왜 그게 네가 준비해 달라던 탕약 속에 들어가 있는지 의아했다. 그래서 마침 나를 보러 온 맹주님과 남궁 가주에게 의논을 했고 말이다."

두 사람은 밤새 제갈미미의 시중을 드는 하녀들을 추궁해 그녀는 탕약을 먹지 않는다는 것과 그녀가 끓인 탕약은 남궁민에게 올려진다는 걸 알아냈다.

해서 아침에 하녀가 버리려 놔두었던 탕약 찌꺼기를 의약전에 들고 가서 확인해 보고 오는 길이었던 것이다.

남궁영후는 그런데도 그녀에게 남궁세가를 나가지 말라고 했다.

남궁민의 곁에 있어 주라면서, 말이다.

서로에 대한 냉대가 쌓여 한 번도 가족으로 대해 주지 못한 미안함을 그렇게 풀려 했음일까?

하지만 알았어도 제갈미미는 그의 제의를 뿌리쳤을 거다.

동정 따윈, 필요 없으니까.

"오자마자 큰일을 해결하시느라 바쁘셨겠네요. 호법 장로님의 역할이 아주 크셨겠습니다."

제갈석은 제갈인이 가주가 되면 호법장로가 돼 그를 뒷받침해 주기로 말이 맞춰져 있다 했었으니, 아마 틀리진 않을 것.

그는 제갈미미를 남궁세가로 보내 놓고 꼬투리 잡을 걸 캐다가 발견한 정보를 묵인하고 있다 결정적인 순간 터트렸다.

어쩌면 제갈미미를 남궁세가로 보낸 것도 정보를 얻기 위해서라기보다는 제갈인이 올 때까지 시간을 벌 겸 시선을 돌리기 위해서였는지도.

"다들 제가 갖고 있는 패는 더 이상 걱정되지 않으시나 보네요?"

제갈미미의 확인에 제갈인이 대답했다.

"어렸을 적부터 훈련시켜 네 사람으로 데리고 있던 이들을 애초에 누가 네게 준 것 같으냐."

제갈인이 제갈건에게 가는 딸을 위해 선물했던 거였다.

그나마 그녀의 손으로 고른 이는 주아 한 사람뿐이었으니.

제갈미미가 제갈세가 내에서 아무리 날고 기어 봤자 그들의 손바닥 위에서 찧고 까분 것일 뿐.

"하하, 하하하!"

뱃속 깊은 곳에 있는 찌꺼기 하나까지 다 토해 낼 거 같은 기세로 그녀는 날카로운 비명과 같은 웃음을 멈추지 않았다.

그녀의 자리를 보장해 줄 장보도 해석의 단서로 이루어진 편지도 사라졌고……

모두 다가 아니라 몇 가지만 덜 갖고 포기했으면 자신처럼 어여쁜 딸을 가질 수 있었던 아버지는 그마저도 움켜쥐고 싶었던 건지 차라리 제갈미미를 버렸다.

남궁민의 발작을 견디지 못해 독한 약으로 잠을 재우길 몇 차례. 이제 그 사실도 알려졌으니 남편을 죽이려던 여자까지 되겠구나.

돌아갈 곳도 없고 돌아가고 싶은 곳도 없는 현실.

이상하지?

처음의 거기에서 멈췄으면 지금보단 나았을지 모르는데.

계속, 계속 멈추지 않고 발버둥 치면 칠수록 유리 가루를 입힌 거미줄에 칭칭 감겨 헤어 나올 수 없게 된다.

감숙 난주의 소가장에는 학문에 뜻을 둔 잘생기고 온화한 성품의 소장주가 있었고…… 자신을 봐주지 않는 남궁대공자에게 지칠 대로 지쳤던 그녀는 술기운을 빌린 어느 밤 날개를 접고 그의 품에서 하룻밤을 보냈다.

만약 다음 날 그가 청혼하며 내밀었던 가락지를 받아들였다면?

부끄럽고 당황스러운 마음에 날선 말로 그를 수치스럽게 해 다툼이 일지 않았다면?

그리해 자신을 호위하던 무사들이 달려왔다 나신인 자신을 보고 경악하고 그런 자신을 숨기기 위해 소장주가 자신에게 약을 먹여 겁간을 했노라 거짓말을 하지 않았다면……

어땠을까.

모용운지에게 버림받은 대공자라도 갖고 싶어서 제갈세가를 내세워 혼인을 해 사랑보단 그의 여자가 돼 살아갈 수 있다는 자체에 만족했던 건…… 잘못인 건가.

제갈영이 상처를 헤집고 제갈건이 그런 자신을 이용하고. 결국 나락으로 떨어지다 장보도의 해석본에 손을 대 구명줄을 잡은 줄 알았더니 그게 또 지옥으로 가는 썩은 동아줄일 줄이야.

하지만 괜찮다. 이제 끝이니까.

그리고 슬프다. 복수할 수 있는 능력이 자신에겐 없으므로.

그녀는 독기가 번들거리는 눈으로 제갈세가 사람들을 노려보다가 빙글 돌아섰다.

그녀의 등 뒤에 그녀가 태어나고 자라면서 누렸던 가장 찬란한 게 있다.

바로 제갈세가, 그 이름.

그녀는 이제 그것을 두고, 점점 더 멀어졌다.

"남궁 가주에게 가지는 못하겠지요?"

제갈인이 걱정스레 하는 말에 제갈석이 고갤 저었다.

"그러진 못할 겁니다."

"아무리 세가를 위해서라고 해도…… 딸까지 내쳐야 하는 비정한 자리에서 제가 얼마나 잘해낼지 모르겠습니다."

침중한 어조로 말하는 제갈인을 제갈석이 새삼스러운 눈으로 봤다.

왜냐하면, 제갈석 자신도 그렇게 생각해 걱정을 했으나 제갈인은 너무나 완벽하게 해냈으니까 말이다.

하나 그렇게 말할 수는 없는 노릇.

"차차 괜찮아질 겁니다. 오늘만 해도 열심히 하시지 않았습니까, 소가주."

소가주란 호칭에 제갈인의 눈에 힘이 실렸다.

그는 세가의 방침에 문제가 많다고 여겼고 자신이 반론을 제기할 때마다 무시당하는 데 상처를 많이 받았었다.

나중에 자신에게 힘이 생긴다면 세가를 위해서라도, 자신이 바라는 이상향을 실천하리라 다짐하고 꿈꿔 왔는데…… 영원히 오지 않을 거 같은 기회가 왔다.

딸인 제갈미미와 바꿔서.

얼마나 사랑하는 딸이었는데. 하니, 제갈인은 그 값을 톡톡히 받아 낼 작정이었다.

스스로가 딸에게 값을 메기고 있고 그것은 정상적인 부모라면 절대 자식에게 할 수 없는 일이라는 건 생각조차 하지 못한 채로.

"들어갑시다, 소가주가 알아야 할 게 많이 있습니다."

제갈석이 제갈인을 재촉했다.

"아가씨!"

제갈미미는 활짝 열린 내성 정문 앞에 멍하니 서 있다

가 자신을 부르는 소리에 고갤 돌렸다.

"……주아?"

죽은 줄 안 그녀가 어떻게 저기에....?

"죄송해요, 아가씨. 제가 잘못했어요……."

혼인을 한 이후에도 마님 소리가 입에 잘 붙지 않았는지 주아는 제갈미미를 아가씨라고 불렀다.

하니 눈앞의 이 아이가 가짜는 아니란 뜻인데.

"호법 장로가 널 살려 둘 사람이 아닌데 네가 살아 있는 걸 보니, 이용당한 건 나였구나."

자신이 아주 영리해 세상을 속여 먹고 자신이 원하는 걸 이루며 산다고 여겼는데 사실은 그 반대였던 거다.

제갈미미 자신은 속이 다 비치는 유리를 입고 혼자 똑똑한 척을 했고, 사람들은 앞에선 엄지를 세워 칭찬해 준 다음 뒤에서 수군댔던 거다.

"아가씨께서 잘해 주셨다는 거 알아요. 근데…… 몇 년 전엔 옛날 소가주님이, 그다음부턴 호법 장로님이 시키는 대로 하지 않으면 가만두지 않을 거라고 하셔서 그만……."

그래도 주아는 해야 할 말과 하지 않아야 할 말은 최대한 가려서 했고 제갈미미에게 해를 끼치지 않으려 노력했다.

이번에 제갈미미에게 아주 중요한 거라고 했던 편지 뭉

치를 호법 장로님께 가져다 드릴 때도.

"여기요."

혹시 몰라서 몇 통을 빼내 따로 챙겨두었다.

아가씨에게 필요할까 봐.

한낱 하녀가, 개수는 확인할 수 없으니 최대한 확실하게 찾아 실패를 줄이라는 명령에 편지의 숫자가 비어도 티가 나지 않을 거란 것까지 생각했다고 하면 제갈석은 기가 막혀 하려나?

주아가 내민 걸 보고 제갈미미가 놀라서 입을 벌린다.

"아가씨가 나한테 잘해 주긴 했는데, 왜 잘해 줬는지도 알아요. 아가씨가 엄청 나쁜 년이란 것도 알고요."

선물을 주고 이거저거 신경 써 줬지만 눈에는 온기 한 점이 없었다. 주아 자신을 사람 취급하지 않는다는 걸 그녀도 느끼고 있었던 거다.

하지만, 말이다……

"근데 그래도 좋았어요. 마지막의 마지막에도 어떻게든 원하는 걸 얻으려고 온갖 나쁜 짓을 다 하는 아가씨가, 전 멋져 보였어요. 한 번 사는 건데 하고 싶은 대로 하고 사는 사람도 있어야지요. 안 그래요?"

제갈미미는 주아가 이런 아이였나, 하고 놀랐다.

꽤 오랜 시간 봤는데도 일을 어떤 식으로, 어떻게 하는지는 알았지만, 어떤 표정으로 웃고 어떤 눈빛으로 말하고 또 어떤 생각으로 꿈꾸는지는 오늘 처음 안 것이다.

"가져가세요."

주아가 들고 있던 걸 제갈미미의 손에 쥐어 줬다.

"이걸 날 주면 주아, 넌 어쩌려고 그래?"

"호법 장로님이 저 살려 둔 건, 아마 나중에라도 아가씨가 또 무슨 일을 꾸몄을 때 써먹으려고 한 걸 거예요. 그러니까 지금은 저란 존재가 있는지도 기억 못하실 걸요?"

왜냐하면 세가의 허드렛일을 하는 자신들은 사람도 아니니까.

주아는 그러거나 말거나 별 상관없다는 듯이 얘기하고 나서 내성의 정문을 나선다.

오랫동안 하녀로 있으며 터득한 방법으로, 외성의 하급 무사들의 식구들이 모여 사는 마을로 가서 그들 중 누군가와 섞여 밖으로 나가면 눈에 띄지 않을 거란 것까지 계획해 둔 참.

"같이 가실래요?"

주아의 물음에 제갈미미가 입술을 질끈 깨물었다.

모든 것의, 처음이 다시 시작되는 건가?

자신이 그럴 수 있나? 그래도 되나?

바닥까지 떨어져 옴짝달싹 못하는데 밀알 한 개만 한 빛이 비치자 홀린 듯 손을 내미는 것뿐, 자신의 천성이 어디 가겠나?

결국 모든 걸 엉망으로 망치고 스스로도 견디지 못하는 게 아닐까.

하지만. 어쩌면 지금보다 더 끔찍한 상황이 벌어질지도 모르지만……

제갈미미가 갑자기 내성 정문 바깥쪽이 아니라 안쪽을 향해 달린다.

주아는 제갈미미가 거절한 거라 여겼는지 미련 없이 헤어지려는데 등 뒤로 그녀의 목소리가 들려왔다.

"조금만 기다려. 이것만 갖다주고 올게!"

손에 든 편지 봉투를 크게 흔들어 보인 제갈미미가 얼른 속도를 높였다.

"여기 있으면 사람들이 보니까, 바깥 쪽 벽 앞에서 기다릴게요!"

주아의 외침에 그녀가 알아들었다는 듯 고갤 돌려 살짝 웃어 보인 다음 다시 발을 내딛는다.

현재 무림맹을 돌아다니며 마주칠 가능성이 거의 없는 이가 제갈세가와 남궁세가의 사람들이니 딱히 걱정할 일은 없으리.

제갈미미의 뒷모습이 아른아른 흔들리다 사라졌다.

"아가씨는 성격도 급하셔."

주아가 피식 웃은 뒤 내성 정문을 나서서 바깥쪽 담벼

락 아래 그늘진 곳에 등을 댄 채 쪼그리고 앉았다.

조금 지나자 다리가 아팠지만 금방 온다고 했으니 기다리자.

혹시 자신을 못 찾고 있나 싶어 그늘에서 나와 빛 아래 서지만 얼마 후 해도 지고 어둠이 찾아왔다.

결국 제갈미미는 오지 않았고 주아는 하급 무사의 가족들이 사는 마을을 향해 간다.

어느새 밤을 지난 새벽달이 혼자 걷는 주아의 발밑을 은은히 비춰 주었다.

第七章

봉문(封門)!

"흐음……."

진유청이 낮게 신음을 흘렸다.

방 안의 풍경은 차마 눈 뜨고 볼 수 없을 정도의 것.

"유청이는 왜 데려온 거냐."

"내가 데려왔냐? 발 있는 놈이 지 발로 가고 싶은 데 간다는데 그걸 누가 말려?"

진이현의 말을 맞받아치던 오자경이 움찔했다.

그냥 핀잔을 주는 정도가 아니라 진짜 화가 난 듯했던 거다.

그리고 방 안으로 시선을 주었을 땐……

"끄응! 미안하다. 미리 알았으면 말렸을 것을."

바로 사과했다.

남궁 대공자에게 사달이 났다는 얘기만 듣고 온 건데, 그 사달이 저 정도일 거라곤 생각도 못했던 탓.

"대체 어쩌다…… 제갈미미는 무림맹을 떠나려고 했다면서요? 그랬던 사람이 왜 갑자기 남궁 대공자 처소로 돌아와서……."

쫓겨나듯 떠나는 이를 배웅하겠다며 쪼르륵 달려 나갈 수도 없는 노릇이고.

걱정돼 주변을 맴돌았다간 자길 구경하러 나온 참이냐며 혀를 깨물지도 모를 성격의 소유자였기에 오히려 길을 피해 준 게 화근이 됐다.

"내가…… 잘못한 거네. 곱게 자란 아이니, 손에 물 한 번 묻혀 본 적 없을 텐데 맨 몸으로 내보낼 순 없지 않은가. 하여 필요한 걸 챙겨갈 수 있도록 혹시 며늘아기가 이곳으로 되돌아오더라도 절대 아는 척하거나 용무를 묻지 말고 그냥 자릴 피해서 편히 들렀다 갈 수 있게 해 달라고 했더니만……."

남궁영후가 괴로워하며 떨리는 목소리로 말했다.

"그런 말씀 마십시오. 어찌 그게 가주님의 탓이란 말입니까."

진이현이 위로하지만 남궁영후는 차마 말을 잇지 못한 채로 고개를 숙였다.

연이어 터진 무림맹의 흉사(凶事)에 진유청도 마음이 좋지 않……

"으음?"

진유청이 방 안으로 불쑥 한 발을 집어넣으려 할 때 오자경이 녀석의 뒷덜미를 잡아 달랑 들어 올렸다.

그리곤 장웅을 턱 끝으로 부린다.

"가라, 곰."

장소가 장소이니만큼 장난기가 있지는 않았다.

그냥 평소 오자경의 말버릇일 뿐.

장웅이 어쩔 수 없다는 듯이 한숨을 내쉬더니 방 안으로 들어가 진유청이 보고 있던 걸 집어 들었다.

"편지다."

아래쪽을 훑어보니 몇 통이 더 바닥에 흩어져 있었다.

"안에 들어간 이는 없다고 했지요?"

"네. 아까 발견해서 즉시 위에 알린 겁니다."

하루 한 번 아침에 남궁민의 시중을 들기 위해 처소로 오는 하인이 조심스레 말했다.

괜히 높으신 분의 험한 일에 끼어 자기도 같이 사달이 날까 잔뜩 겁을 먹은 모양새다.

진유청은 너무 걱정하지 말라 하인을 다독여 준 다음 생각을 정리했다.

남궁민이 폐인이 된 후론 하루 한 번 정도 시중을 드는 하인이나 제갈미미를 제외하면 그의 처소에 드나드는 이가 없었고 발작을 일으키면 큰소리가 나는 일이 잦아 그다지 이목을 끌지 않았다, 라.

그리고 저 편지.

핏물에 젖어 있어 있지만 모양새나 원래 색을 잃지 않은 부분의 재질로 유추해 보면 전 소가주 제갈건이 손에 들고서 가주 제갈인창을 낚을 때 썼던 것과 같은 종류인 듯했다.

하면!

뭔가를 깨달은 진유청이 진이현을 향해 고개를 돌리는 순간, 그도 같은 행동을 하여 둘의 시선이 마주쳤다.

"하아!"

안타까움이 저도 모르게 뿜어져 나왔다.

남궁민과 제갈미미 부부의 마지막이 저렇게 처참하지 않을 수 있었다는 게 슬펐다.

"그녀에게 제갈세가를 움직일 수 있는 저 편지가 있었는데도 왜 그런 꼴을 당했는지는 알 수 없지만…… 어쨌건 그녀는 맹을 떠나기로 마음먹었던 모양이에요. 그런데 마지막에 남궁 대공자가 마음에 걸렸나 봅니다. 해서 이 편지를 그에게 남기고 가려고 했던 모양이에요."

아버지인 가주와는 사이가 좋지 않고, 항상 무시하며 동생으로 인정도 안 했던 남궁혁은 자기를 밀어내고 소가주가 될 텐데……

남궁민에겐 손 내밀어 주는 이나 기댈 곳이 하나도 없었다.

남궁세가는 물론이오, 무림에서도 첫손에 꼽히는 기재이자 누구보다 뛰어난 외모와 배경으로 흠모의 대상이 되던 그가 자존심만 쓸데없이 센 폐물이 된 것이다.

그래서 제갈미미는 그 편지로 남궁민이 자기가 있을 자리를 만들 수 있기를 바란 듯.

모든 걸 버리기로 한 순간, 갑자기 남궁민에게 미안한 마음이 들었던지 아니면 새삼 부부의 정이 피어올랐던지.

어쨌건 제갈미미는 그녀에게 그런 게 있었을까 싶을 만큼 드물고 낯선 좋은 감정을 품고 그의 처소로 갔지만 이전에 그녀가 했던 일에 대해 알게 된 남궁민은 그녀를 용서할 수가 없었던 거다.

검을 쓰는 팔을 잃고 몸이 완전 망가졌다고 해도 남궁민은 극한의 수련을 이어 왔던 사람.

방심해 무방비한 제갈미미 정도는 무리 없이 벨 수 있었으리라.

일을 저지르는 동안 난 소리는 그간의 발작으로 인한 난동과 비슷하였을 테니 사람들도 크게 이상하게 생각하지 않았을 테고.

혼자 남은 남궁민은 검의 손잡이 아래 부분을 벽에 갖다 붙이고는 반대편의 검끝을 자기 심장으로 지그시 눌러 벽과 자기 가슴 사이를 가로로 세운 검으로 잇는다.

그리고…… 비틀거리며 앞으로 나아갔다.

바닥에 흥건한 핏물이 발자국 모양을 그리며 말라붙지 않고 일직선으로 나아갔다는 사실이 알려준다.

남궁민이 절대 서두르지 않고 천천히 아주 서서히 자기 인생의 마지막 벽과 마주섰다는 걸, 말이다.

그렇게 남궁민은 벽과 한 뼘의 거리를 두고 선 자세로 죽어 있었다.

"이건…… 그녀가 남궁 대공자에게 주려 했던 마지막 선물이니 가주님께서 갖으시는 게 맞을 거 같습니다."

무리해서 찾으려면 찾을 수도 있었고 빼앗으려면 그럴 수도 있었던 물건이다.

하나 그들이 스스로 나서서 죗값을 치르겠다면 굳이 자신들이 들추지는 않으려 했었다.

그 결과가 이거라면, 글쎄…….

진이현이 장웅에게 건네받은 편지를 남궁영후에게 주려 하자 그가 고갤 저었다.

"필요한 데 써 주게. 나는 그것을 내 집에 들이고 싶지가 않네."

남궁 가주의 부탁에 진이현은 사양할 수가 없었다.

그럴만한 물건도 아니다.

"맹주님께 제갈세가를 소환해 달라 요청해야겠다."

진이현의 말에 진유청이 고개를 끄덕였다.

그는 더 이상 무림맹에서 제갈세가의 사람들을 보고 싶지 않았다.

무림맹 대회의장의 문이 활짝 열렸다.

회의가 한 번 열릴 때마다 무림맹에서 사라지거나 채워지는 인원이 생기곤 하니 모여 있는 이들에게서 가벼운 긴장감이 느껴졌으나……

모두 그런 건 아니었다.

누구에게나 처음은 있고 대부분 그건 그리 좋은 기억이 아니게 된다.

여기, 이 사람처럼.

"이제 맹주 취임식을 해야 하지 않겠습니까?"

제갈인은 드디어 제갈세가의 근신이 풀린 거라 여겼는지 안색이 환했다.

그렇게 생각할 법도 한 게 대회의장에서 열린 회의에 제갈세가의 수뇌부 전부가 참석해 달라는 요청을 받았으니 말이다.

"맹주 취임식은 생략할까 합니다."

"어째서요? 얼마 만에 공석이던 맹주 자리가 채워지는

건데 무림맹이 건재하다는 걸 보이기 위해서라도 가장 화려하게 꾸며야 합니다."

제갈인이 의욕적으로 나섰다.

맹주 자리가 채워지면 그 다음은 군사가 임명될 터.

제갈건은 그토록 노력했음에도 군사에 해당하는 대우를 받았을 뿐, 정식으로 직위를 받지는 못했으니, 더.

탐이 났다.

하지만……

"그래 봤자 제갈세가 분들께선 구경도 못하실 텐데, 너무 기대하지 마십시오."

진유청의 목소리가 들려오자 멈칫한다.

녀석에 대한 이야기는 제갈인도 귀에 딱지가 앉을 만큼 들었다.

무림맹에 머물지 않고 각자의 본산이나 본가에 있다가 처음 오는 이들은 마치 사람 잡아 먹는 맹수에 대해 주의할 점을 새기듯 진유청의 이야기를 듣고.

다음으론 진이현과 그의 친구들에 대해 기억했다.

"진 공자에게 대회의장에서 발언할 수 있는 자격이 있는지 모르겠네."

물론 대부분 보람도 없이 첫인상만 갖고 똑같은 실수를 저지르거나…… 아무리 참으려 해도 결국 남의 속은 뒤집고야 마는 진유청의 특기를 이길 수가 없었다.

역시 먼저 겪은 이들 대부분이 그렇다고 하면, 정말 그렇다고 할 만한 이유가 있는 거다.

"회의에서 자기 의견을 말하는 데 자격이 필요한지는 몰랐습니다만?"

"꼭 그런 게 있어야 한다는 건 아니지만 웃어른들이 진지하게 대화를 나누고 있으니 신경을 써 주면 좋지 않겠나."

첫 번째 이야기도 그렇고 좀 전의 것도 상당히 불쾌했지만 제갈인은 최대한 좋게 답하려 애썼다.

진유청은 맹주가 너무나 사랑하는 아들이다. 사이가 틀어져 좋을 게 뭐 있겠나.

"그래, 유청아. 제갈 가주님께서 하고 싶은 말씀을 다 하실 때까지 기다리도록 해라. 앞으론 그럴 기회가 없으실 텐데 그 정도 편의는 봐드려야지."

진호철의 말에 처음 시작했을 때만 해도 웃고 있던 제갈인의 얼굴이 점차 굳다가 나중엔 완전 썩어 들어갔다.

"무슨 말씀들을……?"

그의 물음에 진호철이 대답했다.

"그간 제갈세가가 무림맹에 끼친 악영향과 피해는 일일이 열거할 수 없을 만큼 너무나 심각하여 우리는 더 이상 제갈세가의 도를 지나친 행동을 간과하지 않기로 했습니다."

"말도 안 됩니다!"

제갈인이 버럭 소리치다 제갈석의 만류에 흥분을 가라앉히려 애쓴다.

제갈석은 그에게 잘했다는 듯이 어깨를 두드려 준 뒤 자기가 나섰다.

이럴 때 저들이 바라는 건 뻔하지.

"우리가 했던 일들 모두가 바르고 떳떳하다곤 할 수 없을지 몰라도 적어도 맹을 위해서 노력했다는 것만은 믿어주십시오. 물론 잘못에 대한 죄를 인정하고 사과한 뒤 충분한 보상도 할 것임을 약속드립니다."

용서를 가능하게 하는 사과와 친목을 유지할 수 있게 하는 보상.

맹주 취임 전 따로 시간을 가져 동심회와 제갈세가 간의 묵은 앙금을 없애려 했는데 이렇게 푸는 것도 나쁘진 않을 거 같았다.

"제갈세가에서 그렇게 나와 주시니 다행입니다. 그럼 제갈세가에 우리가 내린 결정을 통보합니다. 우리는 어떤 금전적, 인적 보상도 원하지 않고, 제갈세가의 봉문 십 년을 선언합니다. 봉문을 해제할 수 있는 때는 단 한 번, 혈사방 소방주의 죽음에 관한 진실이 명백하게 밝혀진 뒤 처리 사항에 관한 인도(引渡)를 위해서만입니다."

콰앙!

제갈세가 사람들의 머릿속에 번개가 쳤다.

저게 무슨 말인가?

보, 봉문 십 년?

게다가 혈사방 소방주의 죽음에 관해선 따로 또 죗값을 치러야 해?

"이건 사사로운 감정으로 동심회가 제갈세가를 핍박하고 있는 거지, 절대 공정한 판단이 아닙니다!"

제갈석이 목에 핏대를 세우며 외쳤다.

그러다 그의 눈에 남궁영후가 들어왔다.

무림맹에서 가장 사달을 많이 일으킨 두 가문이라면 제갈세가와 남궁세가다.

저들은 안전장치 몇 개를 해 놓고 자기들은 괜찮을 줄 아는 모양인데, 그럴 리가!

"그럼 말해 주십시오. 제갈세가와 다르다곤 하나 저들 또한 여러 가지 사달의 주범이었으니 저들은 과연 어떤 벌을 공정하게 받기로 하였습니까?"

제갈석의 물음에 진호철이 남궁영후를 바라봤다.

"남궁 가주님께서 말씀하시겠습니까? 아니면 제가 하는 게 좋겠습니까?"

"제가 하겠습니다. 장로님들이 과감한 결단을 내려 주었으니 가주로서 응당 힘을 실어 드려야지요."

남궁영후가 자리에서 일어나더니 좌중과 시선을 맞춘

뒤 눈을 제갈인에게 고정한 채로 입을 열었다.

"남궁세가에선 그동안 무림맹에 머물며 불미스러운 일에 연루됐던 장로들의 직위를 모두 폐하고 평제자로 머물게 해 그들로 하여금 평생 속죄를 빌게 하고 또한 다른 제자들에겐 그들을 반면교사(反面教師)로 삼아 자기 자신이 지금 서 있는 위치가 어디인지 계속 확인하게 하겠습니다."

대회의장이 적막하게 가라앉았다.

봉문이 충격적인 건 사실이고 그거야말로 한 문파나 가문을 크게 위축되게 하는 일대 사건이지만, 장로의 직위를 폐하고 평제자로 삼은 다음 반면교사가 되게 하겠다니.

장로직은 장문인이나 가주도 함부로 대할 수 없는 단체의 실세이지 않은가. 실제로 화산의 대장로 악기태는 장문인을 넘나드는 위세로 화산을 좌지우지했었고 말이다.

전자는 모두가 고통 분담을 하는 거고 후자는 잘못을 저지른 이들이 책임지고 모든 걸 내놓겠다는 건데……

제갈세가에서도 가능하다면 남궁세가와 같은 방법을 택하고 싶었다. 만약 장로직에서 내려와야 하는 이가 자신만 아니라면.

세상에 누가 가졌던 걸 순순히 뺏기겠나. 아무리 자신

의 잘못이라고 해도.

하니 남궁세가의 장로들이 미친 거다.

저번까지만 해도 절대 그런 걸 받아들일 만큼 정신을 놓고 있지는 않았던 거 같은데.

제갈세가 사람들은 완전히 뒤집어진 채로 진정하지 못했다.

얼마 전, 제갈미미가 남궁세가는 벌을 받을 준비를 단단히 하고 있으니 그들에게 밀려 우스운 꼴을 보이지 않으려면 신경을 많이 써야 한다는 경고를 하려 했다가 하지 못했다는 걸 안다면…… 저들은 조금이나마 아쉬울까?

아닐 거 같다.

지금의 수준은 미리 안다고 해서 따라가 맞춰 줄 수 있는 정도가 아닐 테니까.

그리고 제갈미미가 들었던 당시보다 남궁세가 장로들의 벌이 비교할 수 없이 무거워진 까닭은 그녀와 남궁민이 죽었기 때문이니, 더.

남궁영후가 장로 한 명 한 명을 붙잡고 권유를 가장한 협박을 했고 차라리 죽겠다는 이들은 다른 방법을 택해도 말리지 않겠다고 우회적인 허락을 했다.

그러지 않으면 제갈세가와의 지저분한 유대감과 나을 수 없는 상처에서 흘러나온 고름이 남궁민과 자신만이 아니라 남궁혁까지 오염시킬 것 같았으니까.

남궁영후 자신이 정리하고 뒤집어쓰면……

권오현이란 친구가 옆에서 보듬어 주고 진유청이란 가까운 적이 잘못된 길로 갈 수 없게 감시할 소가주는 자기가 믿는 바를 그대로 행할 수 있는 깨끗한 가주가 될 수 있을 거 같았다.

"어떻습니까? 우리의 결정이 제갈세가에 내려진 판결에 비해 적습니까? 혹시 모자라 보이십니까?"

남궁영후가 제갈인을 딱 집어 물었다.

"그, 그게……."

제갈인은 대답할 수 없었다.

"더 이상의 반론이 없으면 모두가 결정에 동의하는 걸로 알고 이행하겠습니다."

"……하지만 십 년은 너무 길지 않습니까?"

제갈석은 어떻게든 버텨 보려 했지만.

"십 년이 깁니까? 제갈세가로 인해 무림맹이, 그 때문에 무림이 받은 피해는 어찌하고요? 제갈세가의 십 년이 퇴행해 버린 무림맹의 몇 년과 비교했을 때 더 가치 있다고 보십니까?"

진호철은 가차 없었다.

"그래도……."

제갈석이 뭐라 말을 이어 가려 할 때.

투두둑.

그와 가까이 있던 진유청이 품에서 뭔가를 바닥으로 떨어트렸다.

그중 한 장은 일부러인지 알 수 없지만 바람을 타고 제갈석의 발앞에 놓였다.

눈이 찢어질 듯 커진 제갈석이 얼른 그것을 집어 들었다.

"봉문 십 년이 길어요, 호. 법. 장. 로. 님?"

진유청이 그에게 다가가 한 손을 내밀며 물었다.

침음성을 흘린 제갈석이 녀석에게 편지를 건네주며 대답했다.

"우리 제갈세가는 맹의 판결을 존중하고 따를 게다."

"잘 생각하셨어요. 하니 모두가 들을 수 있게 좀 더 똑똑히, 확실하게 이야기해 주시죠. 저 멀리 저 위에 있는 사람들에게까지 닿게요."

검지로 천장을 쿡 찔러 올리는 진유청의 의도가 뭔지 알 수 없었지만, 이제 와 어쩌겠나.

"우리 제갈세가는……."

제갈석이 통탄하며 목소리를 높였고, 뒤이어 가주가 되자마자 봉문을 하는 책임을 지고 가문으로 돌아가야 하게 된 제갈인이 확인을 했다.

드디어 정리가 완전히 끝났다.

—천하의 산채를 하나로 묶는 겁니다. 산 사나이로서의 긍지를 심어 주고, 자유를 누리되 그것에 대한 책임을 지게 하세요. 공생하여 사람들이 조금 피를 덜 흘리고, 조금 덜 울도록. 산사람들을 더 사나이답게, 호탕해질 수 있도록. 아저씨가 만들어 보세요.

"그래, 그래."

쩝, 쩝…….

잠꼬대를 하던 달수가 입맛을 다시더니 바지춤으로 손을 넣어 사타구니를 벅벅 긁는다.

산채에 들어온 지 얼마 안 되는 앳된 청년이 아무 데서나 뒹굴며 자는 체통 없는 두목을 깨웠다.

"일어나세요, 두목."

"……그래, 알았다니까?"

달수가 잠에서 깨지 않은 목소리로 대답하면서 빙글 몸을 돌려 흙바닥에 코를 박은 채로 자 보려고 안간힘을 쓰는데……

그 모습이 어찌나 한심한지 청년의 속을 왈칵 뒤집었다.

"아, 진짜! 그만 일어나라니까요? 이래서 언제 산채를 일통해요? 게으름 피다 그냥 늙어 뒤지겠네!"

산적들 사이에선 공생을 알고 정도가 있는 호쾌한 사내라 평해지는 달수가 녹림일통이라는 기치를 걸고 사람을 모은다는 걸 안 다음부터 청년은 심장이 벌렁거려 잠도 못 잤었다.

저렇게 멋진 산적이 있다니 목숨을 바쳐도 좋아, 라고까지 생각했던 거다.

한데, 이게 뭔가?

청년은 완전히 속은 기분이었다.

퍼억!

실수를 가장한 청년의 화풀이가 터져 나왔지만 가진 거 없이 마음만 더럽게 넓은 달수는 한 번 봐준다.

아픈 김에 그냥 쬐금만 더 뭉그적거릴 작정이었으니까.

그렇게 눈꺼풀이 거의 감겨지다 완전히 닫히기 전, 종잇장 같은 틈 사이로 보이는 바깥 풍경을 멍하니 응시하던 달수가 저도 모르게 꾸벅 머리를 떨궜다가…… 헉!

얼굴을 번쩍 들고 정신을 차렸다.

깜빡 졸아서 눈이 완전히 닫히는 순간, 하늘과 땅이 하나로 맞붙는 거 같았으니까.

많이 나쁜 산적 놈들과의 차이가 없어지는 순간, 우리는 고자가 되는 거지. 아마?

달수가 부스럭거리며 몸을 일으키자 씩씩거리며 깨우던 청년이 오히려 놀랐다.

"두목, 정말 일어나시는 겁니까?"

"그럼. 이제 일해야지. 입도 하루가 다르게 느는데 말이야."

달수의 말에 청년이 크게 고개를 끄덕인다.

"잘 생각하셨습니다, 암요."

엄청 신나 하는 걸 보니 자신이 그렇게 굶겼나 싶기도 하고.

"저녁에 노루 한 마리 잡아다 주마. 오늘은 배부르게 먹자."

달수가 청년의 어깨를 토닥거려 주자 청년이 기묘한 표정을 지었다.

"어떠냐, 좋지?"

"뭐가요?"

장사는 공치고.

겨우 개시 좀 하나 했더니 노약자만으로 이루어진 무리는 건드리지 않는 규칙이 있다나 뭐라나.

그나마 약속 잘 지키는 거 한 가지는 쓸 만하니 도망 안 가고 저 거지 같은 산채에 붙어서 두목 뒤치다꺼리를 하는 거다.

"에이, 좋으면서."

달수가 헤죽 웃으며 청년을 어깨로 툭 쳤다.

"으아아악!"

어깨에 커다란 노루 한 마리를 짊어지고 있던 청년이

괴이한 소릴 내지른다.

잘못했으면 앞으로 고꾸라질 뻔했다.

문제는 자신의 아래쪽으로 제법 가파른 비탈이 있다는 거.

두목이 자꾸만 자신의 목숨을 노린다.

청년이 미심쩍은 얼굴로 달수를 노려보자 달수도 피하지 않고 맞받아쳤다.

점점 눈이 시큰거려도 청년은 참았다. 그리고, 앗싸!

달수가 한쪽 눈을 찡긋거리자 자기가 눈싸움에서 이겼다는 생각에 환호성을 내지르려던 그를 달수가 걷어찼다.

그나마 다행히 비탈 반대쪽이었다.

쿠웅!

노루와 뒤엉켜 자빠진 청년의 입에서 씩씩거리는 뜨건 숨이 뱉어졌다.

달수가 자기도 청년 옆에 바짝 엎드린 다음 혀를 찼다.

"위험한 놈들이 온다니까 우리 여기 숨어 있다고 사방팔방에 알리려고 하냐?"

달수가 말보다 빠른 발길질을 한 이유다.

그들은 몸을 숨긴 채로 이 한밤에 위험한 산길을 달리는 마차를 유심히 관찰했다.

평범한 짐이라면 마차가 부서지고 말이 다칠 걸 알면서도 이 밤에 산길을 달릴 리가 없고……

"아주 귀한 물건이거나, 아니면, 중요한 죄수라도 호송하는 건가?"

달수가 고개를 갸웃거렸다.

제법 큰 마차는 창이 없고 주위에서 말을 달리고 있는 이들의 무공 수위 또한 상당히 강한 것처럼 느껴졌다.

"아, 그러고 보면 부두목님이 요즘 밤에 이동하는 표물이 늘어났다는 소문이 있다던데요? 그런데 그것들이 움직이는 경로가 좀 특이한가 봐요. 산적들이나 그 산에 오래 머물던 이들 아니면 잘 모를 길을 낮엔 어디 처박혀 있는지 모르고 밤에만 기어 나와서 달린데요."

청년의 말에 달수의 궁금증이 한층 더 짙어졌다.

저기 뭐가 들었을꼬.

"두목, 우리 저거 까 볼까요?"

청년도 같은 생각이었는지 마른침을 꿀꺽 삼키더니 달수를 부추겼다.

"안 돼, 이 자식아."

"왜요?"

"저런 건 구려서 잘못 까먹었다간 뒤탈이 끝도 없을걸?"

"산적이 이거 따지고 저거 따지고 다 따지면서 계산만

하면 대체 산적질은 언제 하는 겁니까? 그건 그냥 핑계대고 도망치는 것뿐이잖습니까? 그렇게 비겁해서야 어떻게 녹림일통이라는 대업을 완수할 수 있겠습니까!"

"으음……."

달수가 작게 신음을 흘렸다.

청년의 말이 옳긴 했다.

동의는 한다는 뜻이다.

하지만 달수는 죽을 자리를 알면서 뛰어드는 건 그냥 객기이자 개죽음이라고 여겼기에 동행해 줄 수는 없었다.

자신들이 무슨 동심회의 하남삼협이나 소신선도 아니고, 산적 나부랭이가 따질 거 안 따지고 배짱 부릴 거 다 부리고 자존심 꼭 지켜 가며 어떻게 먹고살까?

입에 마른 곡식 알갱이 넣는 건 둘째치고 달포 안에 목이 날아갈 게 뻔했다.

불쌍하다는 듯한 달수의 시선이 청년에게 꽂혔다.

넌 오늘 밤 이 노루가 생애 마지막 만찬이 될 거다.

아니, 저 마차를 습격하는 순간 오늘 밤의 계획 따윈 물 건너갈 테니 아까 낮에 먹은 쉰 밥덩이 하나가 네 인생의 마지막 식사가 되겠지.

"저 아직 칼 들고 안 날려 나갔고요, 지금 두목 옆에 있습니다만!"

벌써 죽은 사람 취급하는 게 영 꺼림칙한데다가……

"제발 혼자 생각하는 거처럼 먼 데 보면서 구시렁구시렁 말로 하지 좀 마세요. 소름 돋아요."

"다 들렸냐?"

"설마 안 들리길 바라셨습니까? 바로 옆에서 끝도 없이 혼잣말을 해대시면서요!"

"그럼 안 뛰어들 거지?"

"……네. 정신이 좀 들었습니다."

청년은 달수의 이야기에 깨달음을 얻었다. 자신은 산적질을 무슨 고상한 협행처럼 여긴 모양이다.

두목을 비롯해 산채의 동료들은 먹고 살기 어려워 어쩔 수 없이 산적이 된 이들인데 청년 자신은 스스로 산적이 되고 싶다고 찾아온 거였으니까.

"다행이다."

달수가 한숨 놓은 얼굴로 말했다.

그때.

그으윽, 그그그그윽!

산비탈 아래쪽 길에서 나던 마차 바퀴 굴러가는 소리가 한층 더 무겁고 탁해졌다.

어둠 속을 험하게 달리다 보니 고장이라도 난 모양.

"무슨 일일까요?"

청년은 이제 털러 가지 않기로 해놓고서도 호기심은 가

시지 않은 듯.

하나 안력을 돋운다 해도 이 어둠을 뚫고 아래쪽을 볼 수 있는 능력은 없었다.

"내려가 볼 수도 없고."

달수도 궁금하긴 한지 들려오는 소리에 집중해 귀 기울이고 있는데……

콰아앙!

달리던 마차가 뭔가와 세게 부딪치는 소리가 났다. 그리고

"살려 주세요!"

여자의 비명이 들려왔다!

"도망치지 못하게 어서 잡아라!"

사내의 두꺼운 목소리가 가냘픈 여자를 덮는다.

예상했던 것과 다른 전개에 청년이 달수를 돌아봤다.

"저것도 참아야 하는 겁니까?"

"안 참을 필요는 없고, 그냥 안 싸우면 되지."

"저 상황에서 어떻게 안 싸울 수 있습니까?"

"우리가 제일 잘하는 게 뭐냐? 제일 유리한 건 또 뭐고?"

"……훔쳐서 도망가는 거요?"

청년의 확인에 달수가 피식 웃더니 엄지를 치켜들었다.

마차를 타고 얼마나 이동했는지 모르겠다.

해가 있는 동안은 전혀 움직이지 않고 밤에는 인적이 드문 길로만 다니니 생각보다 멀리까지 오지는 않았으리.

그녀는 호시탐탐 도망갈 기회를 노렸으나 잘되지 않았다.

"마가장 사람들이 무사한지라도 가르쳐 주지."

금오상단을 잡은 미끼는 진가장이었던 것처럼 진가장의 미끼는 마가장이었다.

그래도 자신이 너무 쉽게 생각한 거 같다.

마가장의 안전만 보장받으면 어떻게든 빠져나올 수 있지 않을까 했는데 철두철미하다 못해 숨이 막히는 계획대로 움직이는 저들을 보면……

점점 더 가능성이 낮아지는 거 같았다.

"아, 그 사람. 걱정하고 있을 텐데."

서늘한 눈매만 봐서는 모르겠지만 깊고 검은 눈동자에 인 파문은 자신을 다시 그 눈에 담을 때까지 멈추지 않을 것이다.

"나랑 혜아 때문에 우리 도련님도 속 좀 타시겠는걸."

그건 좀 고소했다.

천하가 좁다 하고 날뛰며 세상에 안 되는 게 없는 진유청은 고생 좀 해 봐도 괜찮아.

모용운지는 우울해지지 않으려 노력했다. 그리고 혹시 모를 틈이 생길 때를 기다리며 언제라도 움직일 수 있도록 몸을 풀어 두었다.

기회는 준비된 자들에게만 온다고 했던가?

혹사당하던 마차 바퀴가 고장 났는지 마차가 갑자기 푹 가라앉는 거 같더니만 앞부분이 바닥에 처박히며 뒤가 번쩍 들렸다.

자연 마차 안에 있던 모용운지의 몸도 크게 튕겨 올랐다 내려앉았다.

우직!

나무 부서지는 소리와 함께 모용운지는 아주 오랜만에 밤의 공기를 마실 수 있었다.

이런 곳에 도와줄 이들이 있을 리 없다고 생각하면서도 그녀는 살려 달라고 외치며 사내들의 기척이 가장 적은 방향으로 재빠르게 내달렸다.

"서라!"

뒤에서 사내들이 우르르 쫓아온다. 그녀는 뛰는 걸 좋아하고 아주 잘 뛰었지만 무공이 강한 그들을 이길 정도는 아니었다.

금세 잡힐 위기가 오자 그녀는 갑자기 몸을 틀어 달리던 길에서 비켜나 길이 아닌 곳으로 몸을 날렸다.

함께 잡혀 있던 사람의 수가 많았다면 각자 분산해 도

망가다가 한, 두 명이라도 성공해 무림맹에 자신들의 상황을 알려 줄 수 있을 텐데……

철면검객 진이현의 약혼녀라고 특별 취급을 해서인지 처음엔 왕노와 유모 등 진가장 식솔들과 함께 이동했는데 이틀째 되는 날 따로 끌려 나와 혼자가 됐다.

그 사내의 여자라는 건, 정말 쉬운 일이 아닌 것이다.

타다다닥!

등 뒤에서 들려오는 발자국 소리에 불안해진 모용운지는 이대로 잡혀갈지언정 자신이 어디로 가고 있는지 흔적이라도 남겨 둬야겠다 싶은 마음에 옷자락을 찢으려 소맷자락을 이 끝으로 무는 순간.

쉬이익!

옆쪽에서 뭔가가 불쑥 튀어 올라 달리던 그녀를 낚아챈 다음 긴 호를 그리며 날아가 바닥 위로 굴렀다.

모용운지가 길이 아닌 곳으로 들어와 빽빽한 나무 기둥들 사이에서 몸을 가리고 있을 때 일어난 일인지라 그녀를 쫓던 이들은 그녀가 어디로 갔는지 알 수 없어 발을 동동 굴렀다.

정말 말 그대로 눈앞에서 갑자기 사라져 버렸다고 할 수 있었으니.

한편, 한 덩어리가 돼 구른 덕분에 추격대에게서 멀찍이 떨어지는 데 성공한 모용운지와 중년 사내는 어색한 얼굴로 서로 마주 보고 있었다.

"감사합니다."

엄청나게 놀라긴 했으나 그가 자신을 도와준 건 사실이니 만큼 그녀는 인사부터 건넸다.

그 짧은 순간 상황을 파악해 비명을 내지르는 대신 머릴 숙이는 그녀를 보니, 구하길 참 잘했다 싶다.

하나 한가로이 인사나 주고받을 때는 아닌지라.

"그건 나중에 마저 하는 게 좋겠습니다."

중년 사내가 얼른 모용운지에게 손짓해 근처에 있는 안전한 곳으로 들어가게 했다.

높이는 낮지만 위는 평평하고 넓은 바위 아래에는 사람 둘 정도가 간신히 들어갈 수 있는 빈 공간이 있었는데, 입구라 할 수 있는 앞부분엔 긴 풀들이 무성하게 자라 있어 미리 위치를 알지 못한다면 찾을 수 없으리.

무공이 강하고 수적으로도 우세한 흉악한 무리들보다 중년의 사내가 딱 하나 유리한 점이 있다면 이 근방에 관해서 만큼은 제 손바닥 훑듯 잘 알고 있다는 것으로, 다행히도 그것은 지금 같은 상황에선 최고의 효과를 발휘했다.

"없다!"

"여기도 없습니다!"

서로 확인 신호를 보내며 모용운지 찾기를 멈추지 않던

추격대도 시간이 흐르니 점점 초조해졌다.

무엇에든 끝은 있지 않나.

혹은 포기, 라든지.

"아무래도 멀리 도망친 모양입니다."

주위를 샅샅이 헤집던 남자 중 하나가 우두머리로 보이는 사내에게 보고했다.

퍼억!

우두머리 사내가 남자의 가슴팍을 흙발로 걷어찼다.

"그걸 말이라고 하나! 이렇게 많은 사람이 찾고 있는데 무공도 약한 계집 하나를 놓쳤다고, 못 찾았다고 내게 웃전에 알리라는 건가!"

"죄, 죄송합니다."

남자가 고개를 숙이고선 손등으로 입가에 흐르는 피를 닦지만…… 어쩌겠나.

모용운지의 머리카락 한 올도 보이지 않았다.

"일단 모이도록 하라."

밤은 늦은데 달도 어두워 수색 효과가 별로 없는 데다 그깟 무공도 약한 계집 하나 찾지 못한 채로 헤매며 보내는 시간이 길어질수록 수하들의 사기가 엉망으로 저하됐다.

차라리 조금 쉬게 한 다음 빛 아래서 짧은 시간 집중적으로 찾는 편이 나을 것.

아무리 독한 계집이라 해도 길도 모르는 깊은 산중에서 혼자 도망치기는 위험하기도 하고 무섭기도 할 테니까.

사내는 절대 모용운지를 잃어버릴 수 없었다.

그녀는 이번 계획에서 가장 중요한 사람이었으니까.

"여기서 휴식을 취하고 날이 밝는 대로 다시 이 지점부터 시작한다!"

"네, 대주님!"

부서진 마차 옆에 불을 피우고 대충 잘 자리를 만든 남자들이 휴식을 취한다.

그러고도 좀 더 안전해지길 기다린 모용운지와 중년 사내는 저들 중 반 정도가 곯아떨어진 후에야 안에서 나와 좀 더 거리를 벌였다.

이제야 약간 안심이 된 모용운지가 털썩 바닥에 주저앉는다.

긴장이 풀린 탓이다.

그녀는 중년 사내를 올려다보며 말했다.

"저는 모용운지입니다. 은인의 이름을 가르쳐 주시겠습니까?"

"모용운지? 모용세가의?"

"사정이 있어 본가와는 인연이 끊어진 상태입니다."

모용세가의 귀한 아가씨가 왜 험한 꼴을 당하고 있나

했더니 그런 슬픈 일이 있었구나.

중년 사내가 얼른 화제를 바꾼다.

"그러십니까? 저는 달수이고 저기, 저기 오는 놈은……."

능력 없으면 괜히 발목 잡아서 아가씨도 자신도 작살내지 말고 멀리 떨어져 있으라고 했더니만 말도 잘 듣지.

한데 중요한 건……

"너 이름이 뭐였지?"

"철용이요."

청년은 자신의 이름도 잊어버렸냐고 화를 내려고 했지만, 생각해 보니 자신 또한 이름을 가르쳐 준 적이 없었다?

함께 지낸 지가 그래도 몇 달은 됐는데 어찌 그럴 수가 있을까마는.

그깟 이름이 별건가 싶다.

옆에서 지켜보고 있던 모용운지가 배시시 웃으며 입을 연다.

"달수 아저씨에 철용 동생이네요. 두 분 다 너무 고마워요. 덕분에 살았습니다."

미인을 위해선 위험을 감수할 만하고, 진심으로 감사할 줄 아는 사람에게는 목숨을 걸 만한 가치가 있는 것이다.

한데, 모용운지는 그 두 가지 모두에 속했으니……

아아!

둘은 아름답고 예의 바른 모용운지가 자기들을 다정하게 불러 주자 주르륵 녹아내리는 거 같았다.

第八章

도망(逃亡)!

"아직도 소식 들어온 게 없어요?"

진유청의 물음에 진호철이 안타까운 듯 고개를 끄덕였다.

"조금 더 기다려 보자꾸나."

"에이, 무슨 맹주님이 이래. 그런 거 하나 바로바로 못 가르쳐 주구."

진유청이 툭 뱉어 내는 말에 진이현이 가볍게 말아 쥔 주먹으로 녀석의 머리통을 쿡 찍었다.

"네가 아침에 갈아입은 옷과 세수한 물, 먹은 음식과 여기까지 오는 동안 마주친 사람들의 웃음 모두에 맹주님의 노고가 깃들어 있다. 어디서 버릇없이 그러는 게야."

동생을 끔찍이 아끼고 귀여워 하지만 혼낼 땐 혼낼 줄 아는 진이현은 평소와 다름이 없어 보였지만, 두려움을 입에 담았던 그날 이후로는 모용운지에 대한 이야기를 한 번도 하지 않았다.

대신 잠잘 시간도 없이 진유청이 두려워하는 일이 일어나지 않도록, 그리고 진이현 자신도 사랑하는 이를 지킬 수 있도록 노력하고 있다는 걸……

안다, 안다고.

"칫!"

진유청이 고개를 휙 돌려 버렸다.

이현 형님, 바보!

맹주 집무실의 창밖을 바라보며 투덜대던 녀석이 누굴 본 건지 화색이 돈다.

"호오! 저 잠깐 다녀올게요."

"어디 가느냐?"

진이현의 물음에 유청이 대답했다.

"호선이한테요. 방금 요 앞으로 지나가더라고요."

"……너무 괴롭히지 말거라."

"제가 뭘요?"

진유청이 배시시 웃는다. 새치름히 휘어 초승달 같은 눈초리가 녀석이 진심이라는 걸 알려 줬다.

“어? 분명 여기 있었는데?”

진유청이 주위를 두리번거리자 유호선은 혹시나 눈이라도 마주칠까 봐 머릴 푹 숙인 채로 구석에 처박혀 있었다.

“끄응!”

자기도 모르게 흘러나오는 작은 신음.

완벽하게 잘생긴 얼굴이지만 눈 밑에 내려앉은 시커먼 그림자가 너무 도드라져 보는 사람들에게 감탄보다는 즐거움을 줬다.

유호선은 아주 오랜만에 재회했을 때 진유청을 싫어한 게 아니었다.

그냥, 어색했다.

어렸을 적이야 무조건 따르고 좋아했던 대장이지만, 이제 그런 놀이를 할 시기는 지나지 않았는가?

한데 진유청은 나이를 먹은 만큼 대신 판을 넓혀서 이제 전 무림을 상대로 보이지 않는 대장 놀이를 하고 있었던 거다.

불편했다.

그래서 거리를 두고 싶었을 뿐인데 자꾸 다가와 귀찮게 해서 몇 번 싫어할 만한 짓을 했을 뿐인데……

정말 자신을 싫어하게 될 줄이야!

그것도 눈 마주치면 휙 외면해 버리거나 무시해서 상대하지 않는 평범한 수준이 아니라, 보기만 하면 열 일 제쳐 놓은 채 반색을 하고 달려와서 사람 진이 빠질 때까지 치대고 달달 볶아대는 정도 강도의 싫음.

다른 말로, 괴롭힘이라고 해야 하려나?

유호선은 세상이 아름답지만은 않고 어디에나 어둠이 존재한다는 걸 진유청을 통해 알게 됐다.

자신에겐 그토록 얄미운 짓만 골라 하면서 어르신들 앞에선 어찌나 꼬리를 살랑살랑거리는지 진유청과의 사이에 문제가 있다는 게 알려지자 하늘처럼 믿었던 장로님들조차 유호선에게 대체 뭘 잘못했는데 유청이가 저렇게까지 하냐며 물어보셨다.

그리고 걱정을 하셨다, 잘 버틸 수 있겠냐며.

전자도 기분이 나빴으나 후자는 더했다.

아니, 왜?

자신은 무림에서 최고가 될 인재이고 앞으로 무림맹과 무당을 이끌어 나갈 동량지재라며 엄지를 치켜들던 분들이 갑자기 소박해지신 거다.

그게 잘 받아들여지지가 않았다.

"여기 있었네!"

갑작스런 목소리와 함께 유호선은 자신의 머리 위를 덮은 한 겹 그림자에 놀라 고개를 뒤로 젖혔다가 진유청과 정면으로 마주 본 형상이 됐다.

"……재밌으십니까?"

"호선이, 넌 재미없어?"

진유청이 눈을 깜빡거리며 되묻는다.

흑백의 경계가 선명한 눈동자가 자기를 뚫어져라 바라보자 유호선은 저도 모르게 움찔하여 머릴 뒤로 뺐다.

"왜 자꾸 이러십니까?"

어느 정도 서로 거리를 두고 대하자고 암묵적인 약속을 했던 거 같은데 말이다.

"너한테 미움받는 게 이제 안 무서워졌거든."

"네?"

"네 바람대로, 네가 싫어졌거든. 그래서 편해진 거야. 호선이 네 눈치 보느라 전전긍긍 안 해도 되고."

얘길 하는 진유청이 어찌나 시원해 보이는지 묵은 때를 싹 벗겨 낸 거처럼 반짝반짝했다.

사실 진유청은 유호선 자신을 싫어했던 건 아닌가 하는 의혹을 불러일으키기 충분한 얼굴이라고 할 수 있었다.

"그만두십시오."

"내가, 왜?"

이 재밌는 걸 그만둬야 하지?

정말 모르겠다는 듯이 되묻는 진유청으로 인해 유호선이 눈가를 떤다.

"그럼 계속하시겠다는 겁니까?"

"안 돼? 호선이 넌 내가 상처받을지 어떨지는 생각도

안 하고 다 네 마음대로 좋아했다 싫어했다 미워해 놓고서…… 나한텐 왜 그러지 말래?”

진유청의 말에 유호선은 더는 화도 나지 않았다.

뭐냐, 대체. 이, 사람은!

그래도 정말이지 더는 상대하고 싶지 않았다.

너무나 멀쩡하다 못해 완벽에 가까운 유호선 자신까지 저 분위기에 휘말려 이상해지는 거 같았으니까.

“내가 어떻게 하면 그만두겠습니까?”

유호선이 정색을 하며 묻자 진유청이 나른한 빛을 거두고 진지하게 대답했다.

“정말 그러길 원한다면…… 예전처럼 만들도록 해.”

“예전이라니, 어떤 걸 말하는 겁니까?”

“예전처럼 내가 다시 널 좋아하게 만들라고. 너한테 미움받는 게 무서워질 만큼. 그럼 네가 날 싫어하면 안 되니까 네가 싫어하는 짓은 아무것도 하지 않을 테지.”

“그게 가능할 거라고 생각하십니까?”

좀 평범한 결론 안 되는 건가?

유호선은 질색을 했지만 진유청으로서야 어차피 자기가 힘든 것도 아니고 싫으면 관둬도 상관없다는 투.

“그래도 옛정을 생각해서 조언을 해 주자면…… 나를 다시 반하게 하고 싶으면 내가 예전에 귀여워하고 아끼던 우리 막내 호선이로 돌아간 척하던지, 아니면, 명문가 후기지수들의 개망나니 흉내 말고, 다른 거. 참신하고 멋진 걸로 다시 시도해 봐. 너 지금 하는 짓들은 학관 수련생 시절에 하도 겪어서 신물이 다 날 지경이거든."

지금으로선 정말이지, 에휴.

진유청이 제 코앞에 날을 세운 손을 갖다 대고 좌우로 팔랑팔랑 흔들었다.

글렀어, 완전 글러먹었어.

호선이, 너한테 다시 반하게 되는 일 따윈, 무림 종말이 와도 오지 않을 거야.

말로 한 건 아닌데, 벙긋거리는 진유청의 입 모양이 유호선의 눈에 너무 똑똑히 보였다.

유호선의 얼굴이 와락 일그러지자 진유청이 어깨를 으쓱거렸다.

"그러니까 이 꼴 보기 싫으면 얼른 열심히 노력해 보라고, 알았어?"

"……누가 하기는 한댔습니까?"

끝까지 반항하려 드는 유호선에게 진유청이 생긋 웃으며 말을 이었다.

"내가 까먹고 얘기 안 한 거 같은데…… 반대로, 벌점도 있어. 좋아하게 되면 네가 원하는 대로 될 테지만 점점 더 내가 널 싫어하게 되면…… 그때 넌 지금보다 힘들어질 거야. 참고로, 내가 진짜 시작하기로 하면 절대 끝을 보는 집요한 사람이니까. 궁금한 거 있으면 숙소로 가서 무진이나 거지 할아버지한테 물어봐. 멀리 갈 것도 없이, 가장 최근에 찍혔었던 팽호열은 어떻게 됐냐고. 제대로 대답 듣긴 어려울 수도 있겠지만."

팽가의 처소에 처박혀서 앓다 결국 본가로 소환돼 간 뒤론 소문조차 들을 수 없게 된 팽호열은, 그들에겐 너무 무시무시해서 다시 떠올리고 싶지 않은 기억일 테니까.

누가?

팽호열이 아닌, 진유청 자신이 한 짓이.

유호선은 자기 할 말만 한 뒤, 상큼하게 뒤돌아서서 멀어지는 진유청에게서 눈을 떼지 못했다.

"우리 두목은 정말 제정신이 아닌 거 같습니다!"

"맞다. 원래도 그랬지만 갈수록 더, 해."

"이게 다 그때 그, 두목보다 미친…… 분을 만났기 때문입니다."

차마, 놈이라곤 못하는 그 마음을 부두목 장경덕은 충분히 이해할 수 있었다.

"그것도 맞고, 다음 것도 맞고. 이런 제기랄!이다."

장경덕이 고개를 설레설레 저었다.

뭐 한 가지, 남보다 낫게 갖고 태어난 게 없었다.

그렇다고 하다못해 남의 등에 칼 꽂고도 웃으며 살 수

있는 독한 놈도 못됐고, 그럴 수 있는 능력은 더더군다나 없었고.

안 해서 놔 버린 건지 못해서 포기해 버린 건지의 구분마저 모호해진 쭉정이.

바람보다 가볍게 여기저기 나뒹굴며 이 넓은 세상에 볼품없는 궁둥짝이나마 편히 붙이고 앉을 수 있는 내 자리를 찾아 헤매고 헤매다 겨우 여기에 안착했는데.

했는데, 했는데, 했는데에에에!

귀는 좀 얇지만 그냥저냥 괜찮은 사람이 몹쓸 놈은 아니란 이유로 두목으로 모신 보는 눈이 잘못이었을까?

아니면 그 저주받은 날, 전날 꾼 나쁜 꿈에 찜찜해 하면서도 굳이 쉬자는 두목을 끌고 일을 나갔던 장경덕 자신의 탓이었을까?

그도 아니면…… 하필, 그날.

잘나고 잘난 동심회주의 끔찍하게 사랑받는 막내아들이 자기만큼이나 괴이해 뵈는 무리를 이끌고 자신들의 구역에 떡하니 나타난 운 없음을 탓해야 하나.

그래.

그렇게 귀 얇은 사람을 혓바닥으로 산도 파먹을 수 있을 거 같은 소악마에게 장경덕 자신이 직접 인도하게 해 남의 탓도 할 수 없게 만든 더러운 팔자가 제일 나쁜 거다!

그 미친 분을 만난 이후, 두목은 산사나이들이 하나가 됐으면 좋겠다며. 자신이 그렇게 할 수 있는 능력은 안 될지 모르지만 계속해서 시도를 하다 보면 자신 다음엔, 아니면, 그다음의 다음엔 꿈을 이룰 수 있는 제법 쓸 만한 산적이 나타날 수도 있지 않겠냐 한 뒤.

세를 키우기엔 제약이 많던 원래의 산채를 떠나 새로 자리를 잡고 사람을 받아 몸집을 불리기 시작한다.

예전에 어디선가 불쑥 튀어나와 천하 각지의 산채를 습격해서 난장질을 치다가 사라진 놈들로 인해 뿔뿔이 흩어졌다 돌아가지 못한 산적들이 제법 돼 그들을 흡수하는 건 어렵지 않았다.

녹림일통이고 뭐고 간에 이렇게 자릴 잡아서 간간이 입에 기름칠 좀 하고 독한 술로 목구멍에 때도 벗기고 하며 사니 참 좋구나 싶어 장경덕이 한숨 돌리려는 찰나.

또다시 한 번, 세상이 더러워진다.

이번엔 장경덕 자신의 팔자가 아니라, 저기 저놈.

"왜요, 부두목님?"

철용이란 새끼의 팔자가 문제였다.

"너, 이 자식. 두목님 모시고 나가서 무슨 사고를 쳤기에 요즘 배에 기름기가 껴서 도통 움직이기 싫어하는 그 사람이 노루 잡으러 갔다가 갑자기 산채고 뭐고 다 버리고 튀어오라고 생난리를 부린다는 거냐?

"그, 그게……."

철용이 난감해하면서 말을 더듬었다.

산채 식구들을 데리고 자신에게 오기 전까진 절대 얘기해선 안 된다는 두목의 당부에 철용 자신도 완전히 동감하고 있었으니까.

하지만, 말이다.

어떤 일에나 예외란 있는 법이지 않은가. 그렇게 해선 안 되는 거지만 그렇게 할 수밖에 없는 상황이라는 것.

철용은 지금 이 순간 자신이 입을 열지 않으면 두목에게 닿기 전, 저 하늘에 먼저 도착해 있게 될 거란 예감을 진하게 받았다.

"두목님이 위기에 처한 여인을 구해서 함께 있는데…… 도움이 필요하다십니다."

여, 여자?

그쪽은 전혀 생각도 못했는데!

장경덕이 마른침을 꿀꺽 삼키더니 철용에게 진지하게 물었다.

"예, 예쁘냐?"

"……네."

"어, 얼마나?"

"제가 지금껏 본 중 여자들 중 최고로 이쁩디다."

자태는 선녀요, 나긋한 목소리는 은쟁반에 옥구슬이 굴

러가는 거마냥 청아하다.

거기에 상황을 살필 줄 아는 지혜로움에 현숙한 몸가짐까지……

모용운지는 철용이 바라본 적도 없는 꿈속의 여인이었던 것이다.

하나 장격덕의 생각으론 철용이 봐 온 여자들이라 봤자 싫고 저만치 호들갑을 떨 정도면 그냥 쬠 예쁘장한 수준인가 보다 했다.

다만 중요한 건……

"우리 산채에 드디어 안주인이 생기는 건가?"

장경덕이 씨익 웃는 모양새를 본 철용의 얼굴이 하얗다 못해 파랗게 변색했다.

누, 누가 안주인이라는 겁니까!

저…… 철면검객의 정인을 말씀하시는 건지?

"절대 아닙니다. 절대, 절대로요!"

"왜? 그 여인이 우리 두목이 싫다더냐? 그건 아직 낯설어서 그런 거지, 목숨도 구해 줬고 우리도 데려다 힘 좀 쓰면서 멋진 모습을 보이고 나면 차차 정이 들 게다. 정만큼 무서운 게 세상에 어디 있다고?"

"절대 그럴 일 없습니다."

철용이 고개를 휘휘 젓는다.

모용운지가 어떤 여인인가.

천하의 남궁 대공자가 그토록 원했던 여인이오, 그럼에도 불구하고 결국 차지할 수 없었던 여인이 아닌가.

게다가, 지금이야 철면검객 진이현이 맹주의 후계자이자 철혈대 대주로 천하를 떨어 울리지만 그때는 재능은 뛰어나지만 보잘것없는 진가장을 짐처럼 떠멘 장남이었건만…….

그녀는 마치 남궁민을 넘어서 천하를 움켜쥘 그의 진가(眞價)를 알고 있었던 것처럼 주저 없이 그의 손을 잡았을 만큼 현명하고 대단한 여걸이었다.

"이 자식이, 우리 두목이 아무리 별 볼일 없다고 해도 그렇지, 너무 무시하네. 그럴 일 있으면 어쩔 건데?"

퉤!

장경덕이 인상을 와락 구긴 채로 걸쭉한 침을 위협적으로 바닥에 뱉었다.

"그, 그게 아니라…… 임자가 있는 여인이라 그럽니다. 곧 혼인도 할 거랍니다!"

"……두목도 아냐?"

"네. 아주, 확.실.히 알고 계십니다."

또 딴소리라도 할까 걱정된 철용이 못을 탕탕 박았다.

"이런, 등신……!"

그럼 자신의 두목은 임자도 있는 여자를 구하려고 위험도 무릅쓰고 또 자신들까지 불러내 그 여자를 도와주려고 한다는 건가?

호구도 이런 호구가 없다, 정말!

장경덕의 노기는 자연 이런 일이 벌어지게 한 원인을 제공한 철용에게 돌아갔다.

퍽!

"이 새끼야, 너는 앞으로 평생 노루 고기는 입에도 대지 마. 알았냐?"

뒤통수를 얻어맞은 철용은 한마디 반박도 하지 않고 알아서 기었다.

왜냐하면, 두목 앞에 도착해 모용운지의 정체를 듣고 그런 그녀를 납치할 만큼 간 큰 놈들에게 앞으로 자신들이 쫓겨야 한다는 걸 알게 되면……

평생 노루 고기를 못 먹는 건 둘째치고, 지난 몇 달 동안 먹였던 밥알이 아깝다며 철용 자신의 배를 째려 들지도 몰랐기 때문이다.

어깨를 축 늘어트린 채로 두목이 모용운지를 보호하고 있는 안전한 장소를 향해 빙 둘러 가는 철용은 꿈만 큰 산적인 자신들이 무림의 거대한 흐름 속으로 성큼성큼 걸어 들어가고 있다는 걸 아직은 실감하지 못하고 있었다.

"흙바닥인데…… 괘, 괜찮으십니까?"

아무 데나 털썩 주저앉아 있는 모용운지를 보고 화들짝

놀란 달수가 묻자 그녀가 배시시 웃는다.

"그럼요. 아까 그 마차 안에 비하면 여긴 정말 좋아요. 창도 하나 없어 컴컴하고 바람도 안 들어오고…… 어디로 가는지 무섭고…… 두목님께서 구해 주시지 않았다면 정말 어쩔 뻔했는지 몰라요."

"어떻게 아가씨에게 그런 짓을…… 천하의 못된 놈들!"

달수가 씩씩 콧김을 뿜어내며 분개했다.

"좋은 분이시네요, 두목님은."

달수가 산적 두목이란 걸 안 모용운지는 그 뒤 호칭을 바꿨다. 달수는 모용운지가 자신들을 꺼려 하면 어쩌나 했지만 생면부지인데도 위기에 처한 자신을 구해 준 마음을 보면 나쁜 분들은 아닐 거라 믿는다고 해서 둘을 감동시켰다.

"아가씨께서 사라져서 난리가 났겠습니다. 진가장으로 가시겠습니까, 아니면 다른 곳으로……?"

동심회에 상당히 관심이 많은 달수도 오래전 무림을 떠들썩하게 하며 철면검객의 여인이 된 모용운지의 이름을 전혀 기억하지 못했건만……

어디서 그리 주워들은 게 많은지 철용은 그녀의 이름을 듣자마자 입을 쩍 벌린 채 굳어 버렸다.

덕분에 달수는 자신이 손에 쥔 뜨거운 감자가 꺼져 가는 숯에 데워진 게 아니라 활활 타는 모닥불 속에서 막 꺼낸 거란 걸 너무 늦지 않게 깨달을 수 있었다.

자신이 그녀를 구하지 않았다면 모를까.

이미 구해 낸 이상은, 멈출 수 없게 됐다는 것 또한.

"죄송해요. 저 때문에 좋지 않은 휘말리게 되셔서……."

달수의 낯빛이 시시각각 변하는 걸 본 모용운지는 그의 심경의 복잡함을 눈치채곤 사과했다.

동심회의 근거지를 뒤흔들고 맹주의 며느리이자 철면검객의 부인이 될 이를 납치해 끌고 가는 정체불명의 무리라.

그들이 이 비밀스러운 일에 끼어든 자를 가만둘 리가 만무하지 않은가.

지금이라도 그녀를 그들에게 다시 넘기거나 여기서 손을 떼고 그녀와 헤어진 뒤 모르는 척한다고 해서 이 위기를 넘길 수 있다고 여긴다면 긍정적인 게 아니라 멍청해서 저는 물론이오, 제 수하들까지 다 죽일 무능한 상관이 되는 거다.

아마 그렇게 되면 정체불명의 무리에겐 증거 인멸을 위해 쫓기게 될 테고…… 동심회는 달수를 직접적으로 비난하지 않겠지만 동심회를 추종하는 이들은 천하 각지에 널려 있으니 달수와 그의 수하들은 어딜 가도 환영받긴 어려워지리라.

현명한 모용운지가 그 사실을 모를 리 없지 않은가.

“하남으론 갈 수 없어요. 무림맹으로 가려 해도 문제가 있고요.”

현재 무림맹이 어떻게 흘러가고 있는지, 적이 어떻게 나올지 알 수 없는 상황이 아닌가.

모용운지는 자신의 무공이 제법 쓸 만하다 여겼지만 그건 말 그대로 쓸 만한 정도지 목숨을 걸고 수련을 한 정식 무인들을 이길 정도는 아니란 걸 알게 됐고.

달수의 수하로 지금 이곳으로 오고 있는 이들 중에는 아마 그런 모용운지 자신보다도 더 약한 이들이 많을 거라는 것.

그들을 데리고 무림맹까지 가는 건 너무 많은 위험부담을 감수해야 한다.

모용운지는 사실, 달수에게 한 번 은혜를 입은 걸로 충분하여 더 이상의 폐는 끼치고 싶지 않았다.

자신이 혼자 떠나는 게 더 낫다고 여겼다면 주저하지 않았을 거다.

하나 달수가 모용운지를 구하고 입장이 난처해진 것처럼 모용운지도 그에게 구함을 받고 훌쩍 떠나기가 어려워졌다.

“여기서 남쪽으로 가다 보면 저를 돌봐 주시는 이모님께서 계신 곳이 나와요. 이모님께 도움을 청하면 여러 가지로 어려운 상황을 해결하는 데 큰 힘을 주실 거예요."

청아루주 사란을 떠올리며 모용운지가 말했다.

진유청이 진가장을 떠나며 자기를 걱정하는 모용운지를 웃게 해 주고 싶어서 시간이 나면 청아루에 들러 그녀의 안부를 전하고 소식을 가져오겠다고 했었는데……

일이 어떻게 이리 뒤엉켰는지 진유청은 아직도 돌아오지 못했고 모용운지는 타의로 진가장을 떠나 직접 사란에게 가게 됐다.

"아가씨께서 말씀하신 대로 하겠습니다."

달수는 버티거나 사양하지 않았다.

자신이 한 짓 때문에 수하들을 다치게 할 수도 없고, 그렇다고 뾰족한 다른 수가 있는 것도 아니었으니까.

게다가 자신과 수하들은 근방의 지리에 환하고 천하를 떠돌며 별의별 짓을 다 해 본 놈들도 있으니 모용운지가 말한 곳까지 최대한 눈에 띄지 않고 갈 수 있는 방법도 찾으면 구해질 것이다.

"철용 동생이 두목님 수하 분들과 함께 오고 있나 봐요."

"뭔가 챙길 시간은 없으니 맨몸으로 뛰어오라고 했는데, 정말 그랬나 봅니다."

말이 그런 거지, 최소한 당장 쓸 돈 몇 푼은 챙겨 와야 정상이지 않나.

지가 언제부터 달수 자신의 말을 그리 잘 들었다고…….

불길한 기분이 들어 등줄기가 오싹했다.

최대한 빠른 길을 찾아내고야 말 자신이 생겼다.

第九章

불귀곡이다!

귀주성 개양에는 무림에선 드물게 창을 주로 사용하는 무가인 양가장이 있었는데 양가장주 양소천의 손에 들린 한 자루 창이 휘돌면 바람마저 잘라 낸다 하여 강호동도들은 경의를 담아 그를 절풍창(折風槍)이라 불렀다.

현재, 개양의 손꼽히는 고수인 절풍창 양소천은 무림맹으로 가 오랜 기간 머무느라 자리를 비우고 있었지만 양가장의 하루는 멈추지 않고 계속되고 있었다.

적어도, 지금 이 순간까지는.

"하암! 벌써 아침인가?"

양가장에서 가장 먼저 잠에서 깨는 이는 총관인 상문보였는데 그는 자기가 부지런한 만큼 다른 이들이 게으르다 여겨 잔소리가 아주 심한 사람이었다.

그는 자기 방에서 나와 정문 쪽으로 걸어갔다.

양가장의 하루를 열기 위해 밤새 닫아 두었던 정문을 열고 주위를 청소하는 게 그의 첫 일이었다.

물론, 장주를 비롯한 몇몇 사람들이 총관이 할 일이 아니라며 말렸지만 상문보는 고집을 꺾지 않았다.

총관은 양가장의 얼굴과 같으니 양가장의 문 앞을 쓸고 닦으며 하루를 준비하는 건 자기에겐 중요한 의식이라면서 말이다.

나이 지긋한 상문보가 현 장주인 양소천이 소장주였던 시절부터 전대 장주인 아버지의 만류를 뿌리치고 해 오던 일이니 어쩌겠나.

결국 상문보는 저가 원하는 대로의 일상을 영위할 수 있었다.

그리해 어제가 오늘로 이어졌듯 오늘이 내일로 이어지는 게 당연할 거라고 믿어 의심치 않았다.

아니, 않았었다.

쾅! 콰아앙!

커다란 소리와 함께, 바깥쪽으로 열리는 게 당연할 정문의 문짝이 산산조각이 나서는 안쪽으로 튕겼다.

너무나 놀란 나머지 얼어붙어 있던 상문보는 문짝이 사라진 빈자리로 당당히 걸어 들어오는 이들을 보고 눈을 부릅떴다.

그들은 하나같이 흉포한 기운이 줄기줄기 뿜어져 나오는 늑대 같은 이들로 앞장선 우두머리로 보이는 사내는 뭐라 형언할 수 없는 눈빛을 갖고 있었다.

깊고, 짙고, 붉었다.

눈이 마주치는 순간, 피비린내가 코끝을 훅 스치고 지나가는 거 같은 기분이 든다.

무공을 익히지 않은 상문보는 그냥 앞에 서 있는 것만으로도 숨이 멎을 거 같은 두려운 사람들이었다.

그렇지만 그는 잘 돌아가지 않는 혀를 놀려 억지로 목소리를 쥐어짰다.

강해서가 아니라, 양가장이 너무 소중해서. 자신이 상대가 되지 않음을 알지만 저들을 그냥 두고 볼 수만은 없었던 것.

"여, 여기가 어디라고 감히!"

남의 집 대문을 부수고 들어온 불청객들을 향해 던질 수 있는 당연한 말이었지만, 역시나 상대가 나빴다.

"감히, 라……."

사내가 입꼬리를 묘하게 비틀며 말아 올렸다.

그는 언제 뽑혔는지도 알 수 없는 도를 가볍게 휘둘렀다.

아무런 소리조차 들리지 않았다.

하지만 살점이 베어지고 뼈가 잘려 나간다. 몇 등분으로 잘려진 머리와 몸이 모두 한꺼번에 공중으로 떠올랐다가 동시에 바닥으로 떨어져 내렸다.

마치, 비처럼.

투두두둑.

"역시나 밖에 나오니 재미있는 일이 생기는군. 청해에선 꿈도 못 꿀 일이잖나."

도신을 타고 흐르는 핏물을 가벼이 털어 내며 사내가 말했다.

하나 그가 한 얘기는 틀리다.

혈사방의 근거지가 있는 청해에서만이 아니다. 천하를 통틀어도 혈사방주 이두원에게 감히, 란 말을 지껄일 수 있는 이가 과연 몇 명이나 되겠는가?

"즐거우십니까?"

사영(寫影) 육고산의 물음에 이두원은 대답 대신 성큼 걸음을 내디뎠다.

감질나게 피를 보았더니 흥(興)이 끓는다.

때맞춰 이두원을 위해 바쳐질 제물이 안에서 우르르 쏟아져 나왔다.

"무슨 일이냐!"

문이 부서지는 소리에 놀라 달려 나온 양가장의 무사들이다.

그들은 조각난 문짝과 핏덩이로 화해 있는 누군가의 시체를 보는 순간 상황을 파악하고 즉시 이두원과 그의 뒤에 선 사내들을 향해 달려들었다.

그들의 움직임과 동시에 이두원의 도가 날아오른다.

슈우욱!

그의 도에서 커다란 소용돌이가 피어올라 양가장 무사들을 휘감고 돌았다.

파바바박!

소용돌이 안에 갇혀 있던 모든 것이 찢어지고 으깨진 다음 분수처럼 뿜어졌다.

안에서 한발 늦게 나와서 겨우 목숨을 부지할 수 있었던 이들은 핏물을 뒤집어쓴 채로 기겁을 해 몸을 굳혔다.

"마, 말도 안 돼!"

"괴물이다! 사람이 아니야……."

저도 모르게 중얼거리는 양가장 무사들의 눈은 이미 빛을 잃고 있다.

살면서 처음 본 끔직한 광경과 그게 제 동료의 살점과 피로 이루어진 거라는 게 너무 두려웠던 탓.

너무 적나라해 오히려 현실감이 없는 나머지 이미 벗겨진 피부 한쪽을 들어 올리면 안쪽 근육이 나올 거란 걸 알면서도 억지로 외면하는 거다.

물론, 이제 막 즐거워진 참의 이두원을 앞에 두고 할

짓은 아니었다.

"저 봐라. 좀 더 놀라게 해주지 않는다면 비명도 질러 주지 않겠구나."

"어찌할까요?"

육고산이 물었다.

그는 방주의 명령만 떨어진다면 무엇이든 할 것이다.

혈사방 내부에선 적설 사군평이 항상 주인의 곁에서 모든 일을 처리하니 자신이 나설 기회가 없었으나 지금은 다르다.

방주가 몇 군데 경로 중 육고산이 책임자가 된 귀주행에 동행한다고 했을 때 육고산이 너무나 기뻐한 이유였다.

"혈사방 소방주의 죽음에 책임이 있는 무림맹이 우릴 무시하고 끝까지 죄를 회피하고 있으니, 벌을 받아야 한다는 걸 깨닫게 해 줘야지."

방주의 말에 그가 고개를 끄덕였다.

그리곤 지면을 발끝으로 가볍게 튕겨 공중으로 솟구친다.

긴 호를 그리며 날아간 육고산은 맞은편에서 떨고 있는 무사들을 넘어서서 양가장 안쪽으로 사라졌다.

잠시 후.

"으아아악!"

양가장 안쪽에서 악 쓰는 소리와 함께 소란이 인다.

육고산이 양가장의 제일 깊숙한 곳에서부터 사람들을 훑어 방주가 기다리는 정문 쪽으로 도망치게 한 것.

"밀지 마시오!"

혈사방주 이두원과 마주 서 있던 양가장 무사들은 등 뒤로 밀어닥친 식솔들을 진정시키려 했지만 소용없는 일.

등을 떠미는 물살처럼 억지로 버텨도 한 걸음, 한 걸음 죽음의 사자에게로 가까이 가게 됐다.

이렇게 죽나 저렇게 죽나 어차피 같다면……!

겨우 무기를 휘두를 용기가 났는지 양가장 무사들이 이를 악문다.

"이제야 재미있어지겠군."

혈사방주 이두원이 흰 이를 드러낸다.

그는 진명이란 글자가 새겨진 도의 손잡이를 강하게 말아 쥐어 손바닥에 새겼다.

귀주 개양의 양가장을 시작으로 개양에 있는 무림맹 휘하 무림 단체들이 모두 공격을 받았을 때 광동성의 성도인 광주과 운남의 학경도 같은 일을 당하고 있었다.

채챙!

"죽어라! 무림맹은 우리 소방주의 죽음을 가벼이 여긴 죗값을 치러야 할 것이다!"

들으라는 듯이 외치며 검을 휘두르는 이는 무림맹에 사

신으로 갔던 기덕진과 같은 외당 당주 중 하나인 장학성으로, 그는 무림에서 직접 활동하는 일이 극히 드물었던 방주가 본격적으로 내딛는 첫 행보에서 자신이 아닌 육고산을 택했다는 데에 서운함을 금치 못했다.

하니 안 그래도 더러운 성질머리가 주체할 수 없을 만큼 뻗쳐 검을 휘두르는 손도 한층 거칠어졌다.

그래 봤자 목을 자를 걸 머리통을 부수는 정도로 바뀐 거니 결과가 달라지는 건 없겠지만 말이다.

퍼억, 퍽!

머리통 깨지는 소리와 함께 처참한 살육이 이어진다.

"살려 주세요!"

소양검문의 제자들이 체면도 잊고 정문 밖으로 도망쳐 사방으로 분산됐다.

그들은 백성들 사이로 숨어들면 아무리 혈사방 무리들이라 해도 어쩔 수 없을 거라 여겼다. 하지만, 현실은 달랐다.

쩍! 쩍!

검을 들지 않은 쪽의 두툼한 손바닥으로 제 앞을 가로막는 백성들을 주저 없이 후려쳐 날려 버린 장학성과 그 수하들은 소양검문의 제자들을 향해 쭉쭉 다가가 결국 그들에게 생애 마지막 공포를 경험하게 한다.

"다음은?"

장학성이 수하 중 아무에게나 고개를 돌려 물었다.

"여기서 조금만 더 가면 나오는, 우도문입니다."

"좋아, 그럼 가지."

장학성은 자신들이 두려워 차마 도망도 가지 못한 채로 오줌을 지린 백성들을 거만하게 훑어보며 피식 웃은 다음 말했다.

비록 방주와 함께 움직이진 못했지만 이렇게 혈사방이 제대로 자신들의 흉명을 빛내게 됐음이 마음에 들었다.

"그, 칼보다 혓바닥 놀리는 걸 좋아하는 놈 때문에 하도 오래 쉬었더니 칼에 녹이 슬어 이대로 우리가 정파로 변심(變心)이라도 하는 건가 싶었는데…… 후후."

적설 사군평을 일컬음이다.

물론, 무림맹에 가 있는다고 주요 인물들이 자리를 비운 경우가 많아 주인 없는 빈 집을 치는 거 같은 기분에 재미가 반감되긴 했지만, 곧 더 큰 게 터질 테니 잠시의 아쉬움은 접어 둔다.

장학성이 수하들이 가리킨 방향을 향해 척척 걸음을 옮겼다.

백성들이 잔뜩 겁을 먹고 몸을 움츠린다.

천하가 격동(激動)했다.

"어찌 이런 일이 있을 수 있단 말입니까?"

혈사방의 행보가 알려지자 무림맹이 발칵 뒤집어졌다.

이번 일이 이례적인 건 혈사방이 공공연히 소방주의 죽음에 대한 책임이 무림맹에 있다는 걸 밝히며 살육을 자행하고 있다는 것과 일반 백성들까지 크게 휘말려 피를 보고 있다는 점이었다.

"맹주님이 싸움을 건다면 피하지 않겠다고 한 게 혈사방주를 자극한 건 아닐까요?"

목영이 말했다.

진호철을 탓함이 아니다.

혈사방주의 광증이 대체 어디까지 뻗어 갈지를 걱정해 예측 범위를 만들어 보기 위함이다.

혈사방주 이두원이 후계자로 내세웠던 이원형에게 그다지 관심이 없었다는 건 아는 이들은 다 안다.

기덕진을 쫓아내듯 무림맹 밖으로 내보냈을 때도 그들은 끝까지 버티려고 했으면서도 마지막에 떠날 때까지도 이원형의 시신이나마 돌려 달란 소린 하지 않았다.

하여 진유청은 상황이 조금 정리되면 이원형을 북경에 있는 전 연이상단주, 환성에게 보낼 작정이었다.

그의 양부였던 서경왕 주익이 살아 있으면 거기가 이원형의 돌아갈 곳이 돼 주었겠지만, 서경왕부는 완전히 반역죄로 인해 완전히 몰락해 어쩔 수 없는 선택이었다.

으니 나와 목인, 그리고 상개가 개방의 협조를 받아서 정보를 살피며 세 방향으로 나뉘어 아래쪽으로 내려가 혈사방주의 혈겁을 막아 보겠소이다."

"사형!"

청운자가 청기자의 발언에 어지간히 당황한 모양.

공식적인 자리로 중인환시에 장문인보다 사형이란 개인적 부름이 먼저 나왔다.

그도 그럴 것이 아무리 동심회의 기조가 그러하고, 여태껏 그게 당연하다는 듯 받아들여 왔지만 혈사방주 이두원이면 미친놈들 천지인 혈사방에서도 최고로 미친놈으로, 강한 무공과 흉포함으로 강호가 좁다 날뛰던 혈사방 놈들을 찍 소리도 못하게 하고 청해에 가둬 뒀을 정도로 대단한 인물.

정보가 워낙 없고 비교 기준이 모호해 이렇다 얘기할 순 없지만 아무리 거대 문파의 주인들이라 해도 상대하기가 쉽지는 않을 터.

최악의 경우엔 소림과 무당 개방의 최고 웃어른을 잃게 될 가능성도 있었다.

이전처럼 서로를 뜯어 먹기 위해 안달을 하는 무림맹이 아니니 갑작스런 일이 벌어진다 해서 문파의 존립이 위태로워지는 지경까지야 가지 않겠지만, 존재 자체가 문파의 역사이자 전통이 돼 주는 훌륭한 주인이자 자파의 최고수를 잃는 건 상상하고 싶지 않은 일이다.

"그럼 할 일 많은 젊은 아이들을 보내자고? 이 늙은 몸뚱이를 아껴 뭐하라고. 이럴 때 비를 피할 우산으로, 동료들이 든든하게 기대 잠들 벽으로 잘 써먹으라고 장문인이 있는 것이네. 자네가 뭘 걱정하는지 알지만, 괜찮네. 우리가 아니어도 어차피 우리 중 누군가가 나설 일인데, 그래도 자네는 내 장문인은 안 된다고 할 텐가? 사부님과 내가 사제를 그리 가르친 건, 동심회를 지켜 오며 사제가 깨달은 바가 그것밖에 안 되는 건…… 설마, 아닐 테지?"

청기자의 아픈 델 찔러 오는 추궁과는 달리 따스한 시선에 청운자가 고개를 숙였다.

"에잉! 저 도사 늙은이가 저러고 나왔는데 나는 무섭다고 꽁지를 뺄 수도 없고, 쯧! 어쩔 수 없으니 홍개 네가 나 없는 동안 개방을 잘 맡고 있도록 하여라."

"방주, 개방이 누가 맡고 말고 할 게 있는 데기나 합니까? 그냥 놔둬도 되니 얼른 돌아오시기나 하십시오."

아님 또 가출해 버릴지도 모른다는 협박을 태연하게 하지만 홍개의 눈가가 미미하게 떨리는 걸 상개는 봤다.

"하남의 동심회 식솔들이 사라져 난리가 나 아직 아무런 소식도 듣지 못한 상황에서 우리가 몸을 빼 다른 곳으로 가야 한다는 게 마음이 안 좋은 것이…… 난 아무래도 수양이 덜 된 모양이구려. 하나 무림맹 소속이라면 이제 동심회와 한식구이고 정붙일 가족이나 마찬가지이니 당연히 그래야 한다는 데는 동의하오."

목인도 나서자 결론이 났다.

그렇다. 저 셋은 누가 하라고 해서 하거나 하지 말라고 해서 하지 않는 이들이 아니라 자기들 스스로의 판단으로 맹주와 동등하게 혹은 그 이상의 영향력을 갖고 움직이는 이들인 것이다.

저들이 그렇다면, 옳다.

어떤 결과가 나오든 과정만큼은 그렇다는 걸 우리는 믿었다. 그리고……

쿵, 쿵, 쿵!

맹주 전용 소회의실이 무너지고, 그곳을 대신해 사용하고 있는 연회장 밖이 발 소리로 어지럽다.

"대체 무슨 일인고?"

안에 있는 이들의 면면이 어떠한가.

이미 누군가 다가오고 있음은 느꼈고 그게 남궁세가주란 것도 알고는 있었지만, 그가 저렇듯 소란을 피우며 달려올 만한 일에 대해선 짐작 가는 바가……

"혹시!"

진유청이 벌떡 자리에서 일어났다. 그와 동시에,

콰앙!

남궁세가주가 안으로 들어섰다.

예의 없이 벌컥 열린 문을 보고도 뭐라 하는 이가 없다. 그만큼 중요한 일일 거라는 긴장감이 연회장에 감돈다.

"선자불래(仙子不來) 내자불선(來玆不善)이라는, 불귀곡(不歸谷)의 위치가 무림에 떠돌기 시작했다고 합니다!"

허!

진유청이 크게 헛바람을 들이켰다.

"금오상단과 함께 사라진 동심회 식솔들의 정보를 계속 캐고 있던 암향조에서 우연히 듣게 된 소식이라는데, 현재 누가 일부러 퍼트린 것처럼 빠르게 번지고 있다고 합니다."

"혹시 그곳이, 광서 계림부에 있는 용반산이라 합니까?"

차분한 어조로 묻는 진이현으로 인해 연회장의 흔들림이 가라앉았다. 덕분에 남궁 가주도 흐트러진 모습을 수습한 다음 정확히 대답했다.

"맞네, 그리 얘기하더군."

쿠웅!

그가 입을 열었을 때부터 짐작하고 있는 사실이었지만 진짜임이 확인되자 모여 있는 사람들은 머릿속에 커다란 돌멩이 하나가 떨어진 것처럼 충격적이었다.

"혈사방주가 노리는 바가 대체 뭘까?"

동시다발적으로 일어난 혈겁과 함께 불귀곡의 위치를

밝힌다, 라.

진호철이 혼잣말을 중얼거리며 한숨을 깊게 내쉴 때, 진유청의 기운이 연회장을 덮었다.

뒤이어지는, 그리 크진 않지만 모두의 귀에 똑똑히 파고드는 차가운 목소리.

"저들이 우리 식구들을 어디다 쓰려는지 이제 확실해졌습니다. 정말 혹시나, 혹시나 했는데…… 그 미친놈들이 우리 식구들을 불귀곡에 처넣은 뒤 우리가 구하러 가기를 기다릴 건가 봅니다."

꽉 깨문 어금니 사이로 작게 터져 나오는 슬픔이 한마디 한마디마다 맺혀 있다.

흑백의 경계가 뚜렷한 진유청의 눈동자가 흐릿해지며 경계가 무너진다.

붉은 기운이 눈앞을 덮쳐 왔다.

그들이 괴물이 되겠다면 나도 괴물이 되어 주지.

신선(神仙)이 사람이라 누가 그러나?

그 또한 사람에서 벗어난 자만 될 수 있는 거라면, 좋은 얼굴을 한 괴물이나 마찬가지일 수도 있겠지.

실제로 진유청 자신도 들었다, 그런 얘기.

친구들은 신선이라 하나 적들은 괴물이라 한다, 악마라 한다.

모르지 않는다.

게다가 영혼이 육체를 빠져나와 하늘의 길을 거닐고 심안이 떠져 세상의 흐름을 관장할 수 있게 되는 거, 그게 정상적인 거라곤 자신도 생각지 않아.

하지만 중도(中道)를 알고 정도(正度)를 걸어 하늘의 도(道)가 땅의 도(道)와 다르지 않음을 깨달은 자 복되다 했지?

진정 자신이 복(福)된 사람이라면……

그리해, 좋은 얼굴을 한 괴물이라 세상의 친구에겐 행운(幸運)을, 세상을 어지럽히는 적에겐 악운(惡運)을 강하게 해 줄 수 있다면.

뭐, 괜찮다.

그것도 나쁘지 않지.

자신이 바라는 게 세상의 흐름과 일치해 하나가 돼 흘러가는 거라면, 지금 이 끓어오르는 살의도 틀리지 않은 것일 터.

너희가, 죽을죄를 진 게 맞는 건가 보다.

진유청이 눈을 가늘게 뜬 채로 빙긋 웃었다.

전혀 즐거워 보이지 않는 미소였다.

도끼가 하늘 위로 높이 치켜 올라갔다가 직선으로 내리 그어졌다.

퍽!

통나무가 깨끗하게 두 조각으로 잘려 나가며 양쪽으로 나뉘어 떨어졌다.

그 뒤로도 한참이나 퍽! 퍽!

통나무 잘리는 소리가 그치지 않고 이어진다.

"밥 갖고 왔다."

등 뒤에서 누군가가 불쑥 튀어나왔지만 사도진은 조금도 놀라지 않고 마지막까지 깔끔하게 도끼질을 마무리했다.

그리곤 고개를 돌려 동기인 하영에게 말했다.

"괜찮다니까. 밥 한 끼쯤 건너뛰면 어떻다고."

"이 자식아. 우리 모두가 쓰고도 남을 장작을 매일 패고 온갖 허드렛일을 하면서 하루에 한 끼씩밖에 안 먹는다는 게 말이 되냐?"

"그거면 충분하다."

"가끔 진이 널 보면…… 스스로 벌주는 사람 같다. 그거 옆에서 지켜보는 것도 고역이다. 아냐?"

밥이라고 딱히 맛있고 좋은 반찬을 차려 먹는 것도 아니고 소금 간한 주먹밥 정도인데.

이마저도 사도진은 자기 자신에게 풍족함을 허락하지 않았다.

그래서이지 않을까?

반강제적으로 점창에 돌아온 일행이 경원시하며 꺼려

하던 사도진에게 조금씩 마음을 연 것이.

지금은 지지리 궁상이고 이제 좀 그만해 줬으면 싶지만 분명 처음엔 그랬다.

무림맹에 있을 때는 점창의 몰락이 수치스럽고 괴로웠지만, 어쨌건 본산에 와서 자신들끼리 상처를 핥아 주며 지내면 덜해질까 그나마 기대했는데……

이게, 웬걸.

장문인은 점창을 번영시키기 위해 정도에서 어긋날 일을 한 거라고 했는데, 그로 인해 점창이 무너지니 장로와 제자들이 쌓여 있던 재화를 들고 하나둘 사라졌고.

결국 자신들이 왔을 땐 장로들 중에서도 실세가 없던 이들 몇과 일대 제자들 그리고 입문 제자들 조금밖에 남아 있지 않았다.

사람도 없어지고 먹을 거나 입을 것도 없이 으리으리한 전각들만 점창의 본산을 채우고 있었던 것이다.

맹에 있을 때보다 더 끔찍한 매일이 이어졌다.

그나마 있던 이들도 조금씩 사라지고, 남은 이들은 어찌할 바를 몰라할 때.

사도진이 사라졌다.

모두들 자기가 나서서 뭔가 할 것처럼 하더니 도망쳤다며 수군댔다.

한데 이틀 후 먼지투성이가 돼 나타난 그가 잡곡을 짊

어지고 와 내놓았다.

조금 먼 마을까지 내려가 일을 해 주고 받아 왔단다.

장문인이 총애하고 장로인 가경학이 자랑하던 점창의 인재 사도진이.

그는 다음 날부터 주위 산에서 나무를 해 오고 땅을 개간하며 하루를 보냈다.

넋 놓고 있던 이들 중 한 명이 멍하니 있는 것도 지겨웠는지 사도진을 따라 했다. 그게 처음이다.

그 뒤로는 매일 한, 두 명씩 늘어나고 얼마 후부턴 다 같이 낮엔 수련이 아닌 노동을 하고 저녁엔 장로들과 함께 모여 앉아 점창의 무공에 대해 이야기를 했다.

논검(論劍)이 아닌, 풀이 그대로의 이야기.

자기가 좋아하는 점창의 검을 얘기하기도 하고 이런 수법도 있으면 괜찮겠다든지 저런 방법은 어떻겠냐 하는 것들.

개방적이고 신선하면서도 어이없는 것들이 쏟아지고 함께 대화를 나누는 시간이 길어질수록 마음도 열렸다.

굳이 위로하고 서로를 불쌍히 여기지 않고서도 상처는 잊어졌다.

모두가 다 그렇다고도 못하겠고 이게 얼마나 갈지도 확신할 수 없지만 최소한 나빠지진 않고 있다고 생각할 수준은 됐다.

그 중심에 사도진이 있었다.

"넌…… 왜 점창이 싫어졌냐?"

억지로 쥐어 준 주먹밥을 먹는 사도진 옆에 쭈그리고 앉은 하영이 물었다.

솔직히 사도진은, 스스로를 선택받았다 여길 만큼 자부심이 큰 거대 문파 소속 제자들 중에서도 특출한, 문파의 모든 혜택을 받은 손꼽히던 인재가 아니던가.

"……안 싫다. 점창이 싫어진 게 아니라 내가 싫어진 거였다."

장문인이나 사부가 죄를 지은 건 맞지만, 정말 잘못한 건 그걸 거부하지 못하고 부정하길 겁내 한 사도진 자신.

"후움."

하영은 고개를 갸웃거리면서도 더는 묻지 않았다.

사도진이 대답하기 싫어하는 거 같았으니까.

"잘 먹었다."

어느새 주먹밥을 다 먹어치운 사도진이 하영에게 인사를 한 다음 몸을 일으킨다.

다음에 해야 할 일이 많이 남아 있었으니까.

단정하고 몸가짐이 한 번도 흐트러진 적 없던 사도진이 먼지와 땀에 젖은 채 도끼를 휘두르는 모습은 하영에게 재밌으면서도 인상적이었다.

모든 게 변화하고 달라질 수 있다면, 예전의 점창이 그랬듯 지금의 점창도 다시 한 번 새로운 기회를 얻을 수 있지 않을까 생각한다.

이번엔 좋은 쪽으로.

아마 사도진이 저렇듯 계속 검 대신 도끼를 손에 쥐는 한 잘못 가는 일은 없을 거라 기대하면서.

하영이 사라지고 나서 얼마 후.

"녀석, 뭘 놓고 간 건가?"

의아해하면서도 아까와 마찬가지로 하던 일을 멈추지 않으려 했던 사도진의 표정이 굳는다.

절대 무너지지 않을 거 같았던 사도진의 어깨선이 흔들렸다.

이건?

처음엔 익숙한 기운이 멀리서 느껴져 방금 같이 있었던 하영의 것이 아닐까 했었는데, 조금씩 다가오는 그것을 가만히 읽어 보니 절대 그렇지 않았다.

이것은 정말이지 여기에 있어선 안 되는 사람의 것이다!

사도진이 힘없이 도끼 든 손을 내려트렸을 때 그의 목소리가 들렸다.

"오랜만이구나."

사도진은 내키지 않았지만 어쩔 수 없이 어느샌가 자신의 앞에 완전히 모습을 드러내고 있는 사내에게 대답했다.

"네."

조금도 반기지 않는 기색의 사도진으로 인해 사내의 눈썹이 꿈틀했으나 그는 이내 표정을 수습하고 혀를 차며 말했다.

"너는 대체 이 꼴이 무엇이냐. 점창의 동량이 이러고 있어서야…… 쯧!"

"전 괜찮습니다."

"내가 괜찮지 않다. 내가 점창의 장문인으로 있는 한, 점창의 제자들은 그렇게 추레한 꼴이 돼서는 안 되지."

……장문인이라.

사도진은 최석을 물끄러미 바라봤다.

그가 점창의 장문인으로 있어서 점창의 껍데기는 기름져 졌으나 속은 곪아 엉망이 됐다.

그는 그것을 아직도 모르는 모양.

"왜 오셨습니까?"

사도진은 진심으로 물었다.

어떻게 제자들을 버리고 제 목숨을 구하기 위해 도망쳤던 장문인이…… 본산으로 되돌아올 수가 있단 말인가?

그가 어떤 나쁜 짓을 했다 해도 점창을 위해서였다고 한다면 하다못해 사도진 자신일지라도 일말의 긍정은 해줄 수 있었을 것이다.

점창에 도움이 됐다곤 할 수 없더라도, 장문인 스스로는 오명을 뒤집어쓰면서라도 점창을 위해 한 짓일 거라 믿으면서.

한데 최석은 그럴 기회마저 저버린 것이다.

"너는 진유청 그 악마 새끼에게 네 사부가 죽었는데도 사부를 위해 복수하거나 자결로 네 사부의 진정성을 무림맹에 알리지 않은 채, 본산으로 제자들을 데려와 돌보았다. 장문인이라도 되고 싶은 게냐? 그러기 위해 네 사부도 나도 배신하는 거냐!"

최석의 목소리가 쩌렁쩌렁 울려 퍼진다.

푸드드득!

인근 나뭇가지에 앉아 있던 새가 놀라서 날갯짓을 해 저 하늘 위로 날아올랐다.

펄럭이는 새의 날갯짓을 올려다본 채로 사도진이 입을 열었다.

"사부님은 진유청에게 죽은 게 아닙니다. 더 이상 꿈도 희망도 없는 점창에 질리고 아무것도 할 수 없는 당신에게 실망해 자결하신 겁니다."

진유청은 사부가 살아 있는 상태에서 사도진에게 데려가라 했지만 사도진은 거기가 사부의 자리라며 거절했다.

만약 사부에게 살 의지가, 달라질 의욕이 있다면 사도진 자신이 그렇게 말했어도 자신에게 올 거라고 생각했다.

그리고 사부는 그대로 꿈쩍도 안 하고 숨이 잦아들었다.

하니 사부는 자결한 거다. 사도진 자신이 등을 떠밀었을지는 모를지언정.

"네가 정녕 그놈들 편을 들어? 살아 있을 필요가 없겠구나. 죽어라, 죽어서 가 장로에게 사과하고 점창에 끼친 누를 지워라!"

"제가 죽으면, 점창 본산으로 가셔서 또다시 그들을 휘둘러 도구로 사용하려 하십니까?"

"점창의 이름 아래 속한 건 모두 점창을 위해 쓰이는 게 당연한 돌이다. 현 무림 상황이 어떤지 아느냐? 혈사방이 사방에서 혈겁을 일으키고 있고 불귀곡의 위치가 밝혀졌다. 이것은 우리에게 온 마지막 기회다! 한데, 네가 제자들을 데리고 여기 처박혀 있으니 시세를 읽어 점창을 다시 흐름의 주류로 올릴 생각도 못하고 있는 게 아니냐! 넌 점창을 위해 필요 없는 놈이다!"

최석 자신이야말로 다시 한 번 점창을 세상의 빛 속으로 끌어 올려 줄 사람.

"가 주십시오. 점창은 이대로 좋습니다."

"말도 안 되는 소리!"

최석이 눈알을 희번덕거리며 외쳤다.

최악의 상황에 추악한 물건을 사용하면 구명줄이 아니라 썩은 동아줄이 된다는 걸 최석은 생각지 못했다.

만약을 위해 받으란 얘기에 챙겨 두었는데, 미끼였던

거다. 나쁜 일이 벌어지면 그것들을 써서 더 나락으로 떨어지라는.

그리해 최석은 무림인임에도 연이상단주에게 받은 귀물을 사용해 자존심을 저버렸고, 제자들을 버려 자긍심마저 잃었다.

이제 여기서 물러나면 평생 웃음거리가 돼 얼굴을 들고 살 수 없게 되는 거다.

그건 사도진도 마찬가지.

자신이 사라지면 그나마 남아 있는 점창의 마지막 싹이, 잎이 다시 시들게 될 터.

그럼 다시는 꽃이 피지도 않을 테고 열매가 맺을 일도 없게 되겠지.

사도진은 도끼를 든 손에 힘을 줬다.

그리고 그것을 휘두른다.

쉐에에엑!

바람 가르는 소리를 들으며 최석이 상체를 약간 뒤로 눕히며 기습을 피했다.

"감히!"

존장 살해는 무엇과도 비교할 수 없는 대죄다.

즉결 처분을 당한다 해도 할 말이 없을 터!

최석이 검을 뽑아 들고 사도진의 심장을 찌르기 위해 파고들었다.

사도진은 공격을 피하기 위해 두 발로 지면을 박차고 올라 몸을 허공으로 띄운 뒤 얼굴이 하늘을 보도록 바깥쪽을 향해 크게 한 바퀴를 돌아 착지했다.

슈아아악!

더는 지체하지 않기로 한 최석의 검에서 강한 기운이 피어오르더니 사도진을 휘감는다.

입술을 질끈 깨문 사도진도 도끼에 온 힘을 불어넣었다.

스스슥!

사도진의 도끼에서도 최석과 비슷한 종류의 기운이 실렸으나 확연히 기세가 약했다.

누가 뭐래도 최석은 점창의 장문인이었던 사람이다.

사도진과 검을 나누며 무공의 고하를 논하기엔 너무나 높은 사람.

하나 그간 몸을 함부로 하여 기운이 면밀하지 못했고 불안정한 심리 상태가 고스란히 검에 투영돼 검끝이 흔들린다.

쉐엑!

사도진은 통나무를 쪼개듯 도끼를 번쩍 들어 최석의 머리통을 찍어 내렸다.

자신의 배와 가슴을 훤히 드러낸 수법으로 위험하기 이를 데 없지만 생명을 도외시하고 달려드는 모습이 최석을 움찔하게 했다.

"네가 끝까지 나를 막아서는구나!"

강한 무공에도 자기가 수세에 몰리자 분노한 최석이 사도진의 심장에 검끝을 겨눈 채로 어깨부터 밀고 들어갔다.

도끼의 공격 부위인 도끼머리는 윗부분에 달려 있고 사도진은 도끼자루 끄트머리를 움켜쥐고 있으니 최석 자신이 근접 공격을 하면 반격하지 못하리라 생각한 것이다.

사도진은 최석이 달려드는 걸 보면서도 훤히 드러낸 가슴을 닫지 않고서 두 손을 하나로 모아 움켜쥔 도끼자루와 도끼머리가 하늘을 향해 일직선이 되게 양손을 위로 쭉 뻗었다.

그리고.

푸욱!

최석의 검이 살을 꿰뚫는 순간!

사도진은 도끼자루를 모아 쥔 손에 틈을 벌려 도끼자루를 아래로 미끄러트린다. 그러자 도끼머리가 손아귀 위로 바짝 내려왔다.

사도진은 그 상태에서 손아귀에 힘을 꽉 준 다음 양팔을 머리 뒤로 번쩍 넘겼다가 손아래로 길쭉하게 빠져나와 있는 도끼자루를 그대로 최석의 등을 향해 내리찍었다.

사도진의 도끼자루 밑동이 잘 다듬지 않아 둥그스름하지 않고 조금 뾰족했기에 그것은 최석의 등을 찍고 파고

들어 관통했다.

"크흐윽!"

최석은 믿을 수가 없었다.

장로도 아니고, 아무리 뛰어나다 해도 제자인 녀석에게 이런 꼴을……

그가 이를 득득 갈며 앞으로 고꾸라진다.

사도진은 제 가슴에서 피를 줄줄 흘리면서도 자기에게 기댄 최석을 받아 내 그의 등에서 도끼자루를 뽑아낸 다음 조심스레 바닥에 앉혔다.

둘 사이의 거리가 벌어지자 그의 가슴을 꿰뚫었던 최석의 검도 스르륵 빠져나가고 피가 쏟아지는 속도가 빨라졌다.

힘이 한 줌만 남아 있더라도 최석을 멀리 치울 텐데. 그래야 본산이 다시 한 번 시끄럽게 흔들리는 걸 막을 수 있을 텐데....

죽기 전 마음에 걸리는 단 하나가 그거였다.

"진아……."

그때 자신을 부르는 목소리에 감기려던 사도진의 눈이 떠졌다.

점점 멀어지다, 사도진이 남아 있는 방향에서 이상한 소리가 들려서 되돌아와 일련의 과정을 목격하게 된 하영이었다.

그나마 사도진 자신에게 가장 호의를 보이는 그라서 다행이라는 듯이 그가 입술을 달싹였다.

"본산에선…… 모르도록 해. 하영, 네가 도와다오. 겨우 안정됐는데……. 그리고 내가 장문인을 해한 것도…… 제자들에겐…… 알리지 마라. 제자들에게…… 점창의 역사에 패륜의 상처까지 남길 순 없으니 그 죄는…… 내가, 내가 다 들고 가마."

"무슨 소리! 저놈을 죽여라. 자, 장문인을 해한 저놈을……."

등을 꿰뚫린 상처가 치명상이 아니었는지 최석이 얼굴을 번쩍 들더니 하영에게 외쳤다.

사도진은 모든 게 다 끝났구나, 하고 이를 악물었다.

자신이 죽는 건 상관없지만 최석이 살아나 점창을 무너트리는 건 어찌해야 할까?

하영이, 다른 이들이, 좀 더 강해져 지킬 수 있게 될까?

어쩌면 사도진 자신은 자신이 있을 자리를 위해 예전과는 다른 의미로 오만을 부리고 있는 걸지도……

자신이 아니면 안 된다고 말이다.

잘해 낼 수 있겠지? 하영?

하영이 검을 뽑아서 높이 치켜들었다.

사도진은 그를 바라보면서 고개를 끄덕였다.

괜찮다고, 네가 하는 것도 점창의 제자로서의 선택이니 존중하겠다고.

한데.

"으하하하하…… 크헉!"

둘을 살피며 대소를 터트리던 최석의 웃음이 멈췄다.

그가 사도진이 아닌 자신을 벤 하영의 검을 내려다본다.

"나도 공범이다."

하영이 사도진을 향해 말한 뒤 제 옷을 찢어 그의 상처를 감싸 주고는 최석의 시체를 감출 곳을 찾는다.

사도진은 하영을 물끄러미 바라보다 제 가슴을 내려다봤다. 상처가 커서 이제 더는 버티기 어려울 거 같았는데도 호흡이 계속 이어지자 확인하려 한 것이다.

피는 계속 나오고 이대로 두면 위험하긴 하겠지만, 반격을 위해 도끼자루를 치켜 올렸을 때 자세가 틀어지며 다행히 치명상에선 비켜났던 모양.

하영이 상처를 싸매 주고 일을 처리한 후엔 치료해 줄 테니 죽지는 않을 거 같았다.

"훗……."

사도진이 웃었다.

그는 그냥 웃음이 나왔다.

몸이 흔들리면 피가 더 흐르겠지만…… 그래도…… 멈

추지 않았다.

앞으로의 점창은 과거로 되돌아가지 않을 것이다, 절대로.

사도진은 장문인의 시체와 자신을 믿어 준 동기 앞에서 맹세했다.

第十章

가자!

"흐어……."

달수가 가쁜 숨을 내쉬었다.

그는 물론이오, 그와 함께 걷고 있는 이들 모두 거지꼴로 단 한 명의 예외도 없었으니 모용운지 또한 마찬가지.

하나 그런 걸로 투정을 부릴 만큼 그녀는 철이 없지 않고, 살아 있어 다행이라 할 수 있을 만큼 동료 중 많은 수를 잃었다.

적들은 강한 데다 끈질기기까지 했다.

달수와 산적들은 지리를 잘 알고 있다는 이점을 갖고 있었음에도 몇 번이나 죽을 고비를 넘기며 겨우 도망칠 수 있었다.

"이제, 다 왔습니다."

모용운지의 말에 달수가 안도 대신 주위를 돌아보며 경계심을 돋우었다.

괜찮다, 안전하게 간격을 벌렸다 싶은 순간 그들은 어김없이 나타나 달수의 수하들을 채 갔으니까.

"잠시만 여기서 기다려 주시겠어요? 우리가 한꺼번에 성내로 들어가는 건 너무 눈에 띌 테니 제가 먼저 가서 이모님께 부탁을 하여 여러분께서 안전하게 들어오실 수 있는 방법을 마련해 오겠습니다."

"철용을 데려가십시오, 아가씨."

달수가 모용운지에게 말했다.

"역시 어려울 때는 저를 믿으시는군요, 두목님! 걱정하지 마십시오. 제가 목숨을 걸고 모용 아가씨를 보호하겠습니다."

대답은 모용운지가 아닌 철용에게서 들려왔다.

그래서 달수는 호쾌히 고개를 끄덕여 줄 수 있었다.

"너도 같은 마음이라니 잘됐다. 그럼 아가씨께서 위험할 때 널 미끼로 하여 도망치실 수 있도록 네 한 몸 잘 내던져 봐라. 너 하나 죽으면 그냥 너 하나 죽는 거지만 아가씨가 잘못되면 여기 있는 우리 다 죽는 거여, 알지?"

끄응!

얼굴을 와락 일그러트리던 철용은 부두목 장경덕이 죽

으면서 두목에게 건네줬던 검을 자신에게 내밀자 당황했다.

"왜 그러세요?"

"철용이 넌 검 쓰잖아. 좋은 거라니까 들고 가. 결국 나한테 줄 거면서 우연히 얻은 이 검에 그렇게 욕심을 냈어, 그 등신이."

그리고 저야말로 등신이면서, 죽기 직전까지 왜 그렇게 달수 자신을 보며 등신, 등신 거리고 혀를 찼는지.

거기다 마지막엔 꼭 두목의 꿈을 이루라면서, 귀 얇은 건 고쳐야 할 병이라고 당부까지 했다.

그 등신은…… 정작 귀가 얇은 건 달수 자신보다 장경덕 저라서 달수를 주위에서 제법 쓸 만하다 하니 지는 별로 탐탁지 않아 했으면서도 결국 자기가 두목 자리에 올렸었다는 사실을 자꾸 까먹는 듯했다.

이젠 절대 까먹을 수도 없겠지만.

"다녀올 테니, 조금만 기다리세요."

모용운지가 달수와 일행에게 인사를 하고 철용과 함께 성으로 들어갔다.

아무리 아름다운 모용운지도 너무 더러우니 병사들이 눈길도 주지 않고 인상부터 찌푸린다.

시비가 걸리지 않아 차라리 다행이라 여기며 안전하게 통과한 모용운지는 철용과 함께 청아루로 향했다.

"루주님을 불러 주세요."

모용운지의 말에 입구를 지키고 섰던 장정이 그녀를 위아래로 훑어봤다.

"루주님은 바쁘시다."

"운지가 왔다고 하면 아실 거예요."

한 번 더 청했음에도 사내가 꼼짝할 기색이 없자 모용운지가 다시 말했다.

"혹시 초미란 아이도 없나요? 그 아이라면 나를 알아볼 텐데."

"초미, 면 소국 아가씨가 기적에 이름을 올리기 전 쓰던 이름인데?"

그때의 이름을 알 정도면 친분이 상당히 깊을 터.

사내가 안으로 들어가 마침 지나가던 청아루의 총관인 남자에게 말을 전하자 그가 바깥에서 기다리는 모용운지와 철용을 힐끔 바라본 다음 입술을 달싹였다.

사내가 총관의 말에 고개를 끄덕이더니 다시 나와 모용운지에게 얘기했다.

"미안한데 소국 아가씨는 어젯밤부터 모신 손님이 아직 안 돌아가셨다고 하니 혹시나 중요한 일이라면 사람을 보낼 테니, 우선 이 옆에 객점에 가서 기다리라고 하시는군. 여긴 이름 높은 청아루인지라 너희 같은 것들을 들이

긴 어려워서 말이야. 아, 가서 소국 아가씨 이름을 대면 돈은 안 내도 될 거라고."

휘휘 손을 바깥으로 내저으며 더러운 거 쫓아내듯 몰아내는 모양새에 철용이 눈살을 찌푸리며 확 들이받으려 했지만 모용운지가 말렸다.

"그럼 기다리고 있을 테니 최대한 빨리 사람을 보내주세요."

인사를 하고 바로 옆 객잔으로 간다.

청아루에서 직급이 낮은 사내야 알 수 없겠지만 이 옆 객잔은 청아루 내부와 연결돼 있어, 마누라가 사납거나 청렴한 걸로 알려져 있어 청아루에 들르는 걸 감추고 싶은 고위 관직자들이 잠시 쉬거나 끼니를 해결하겠다고 들어갔다가 몰래 옆 건물로 건너가 나오질 않아 아랫사람들의 발을 동동 구르게 하는 곳이었다.

하니, 음식 솜씨가 여간 좋은 게 아닌 데다 잠자리가 쾌적해 밤새 중요한 일을 처리해야 하는 높으신 어르신들이 가끔 집을 두고도 와서 묵곤 한다는 깨끗한 객점으로 가있으라는 총관의 제안에 모용운지가 두말하지 않은 건 당연했다.

"운지야!"

객점 안으로 들어가 청아루에서 보냈다고 하자 알아서

방을 마련해 준 주인의 안내대로 들어가니 어느새 소식을 들었는지 청아루주 사란이 그녀를 기다리고 있었다.

"이모님! 운지가 왔어요……!"

얼마 만의 만남인가.

모용운지가 눈물을 흘리며 두 팔을 벌린 사란의 품에 안겼다.

둘은 그렇게 꽤 오래 부둥켜안고 있다가 철용의 헛기침 소리에 겨우 떨어졌다.

"저분은……?"

"제가 은혜를 입은 분의 수하예요. 납치돼서 정말 큰일 날 뻔했거든요."

처음 그녀를 구하자고 달수를 꼬드긴 건 철용 자신이었으니 모용운지의 말은 아주 조금 섭섭했다.

하나 어쩌겠나.

두목님이 구해 준 건 사실이니까.

"납치라고?"

사란의 표정이 달라졌다. 그냥 도움을 받은 정도라면 웃으며 얘기할 수 있겠지만 모용운지가 생각보다 훨씬 큰 일을 당했다는 걸 알게 되니 웃음이 지어지지 않는다.

"그랬구나. 하니, 진가장에 있어야 할 네가 갑자기 여기 나타났겠구나."

반가운 마음에 놓친 사실을 떠올리며 사란이 놀란 가슴

을 쓸어 내렸다. 어쨌거나 자신의 눈앞에 있으니 안심이 됐으니까.

"이모님, 저 부탁드릴 게 있어요……."

그녀가 말을 하려 하자 사란이 바로 고갤 끄덕인다.

"뭔지 묻지도 않으셔요?"

"운지, 너는 내 딸과 같다. 나는 네 부탁이라면 할 수 있는 한, 뭐든 해 줄 것이야."

조금의 망설임도 없이 단호한 대답에 모용운지는 속에서 뜨거운 게 울컥 치밀어 올랐다.

그때.

"우린 언제까지 이렇게 세워 둘 참인가, 자네는."

"하노, 기척도 안 하고 나오시면 어쩌십니까? 제 질녀(姪女)가 놀라지 않습니까?"

사란이 벽을 빙글 돌리며 불쑥 튀어나온 깡마른 노인네를 곱게 흘겨봤다.

"하오문주께서 언제쯤이나 자네가 당신을 소개시켜 줄까 싶어 조바심이 나신 게지."

깡마른 노인 옆에 그보다 신경질적으로 생긴 데다 팔이 하나 없어 주위 이목을 끄는 비슷한 나이대의 노인이 사란을 향해 싸늘한 어조로 말했다.

청아루가 아무리 알아주는 기루이고 청아루주가 오랫동안 하오문을 위해 노력해 온 여인이라 하나 문주 앞에서 너무 버릇이 없는 게 마음에 들지 않는 거다.

그것도 문주께 하노, 라니. 아무리 문주가 괜찮다고 했어도 자기가 옳지 않다 여기는 것엔 타협이 없는 독비쾌검으로선 용납이 안 됐다.

“태상호법님이 언제부터 문주님의 앵무새가 되셨는지 모르겠습니다. 속내를 훤히 알고 대답도 대신 해 주시는군요.”

자연 사란과 독비쾌검 두 사람의 사이는 극히 나빴고 말이다.

“싸우지들 말고. 지금은 그럴 때가 아니지 않은가. 자, 그래서 이 여인이 분명 진 공자님의 형수님 되는 분이라 이거지?”

“네. 제 ‘질녀’가 확실히 소신선이라 불린다는 그분의 형님인 철면검객의 정인입니다.”

사란이 독비쾌검 앞에서 뽐내듯 말했다.

이들에겐 진유청의 형수란 자리가 철면검객의 정인보다 더 높았으니, 당연한 거지만 멍하니 듣고 있는 철용에겐 그렇지 않았다.

이 사람들, 뭐래니?

하지만 과연, 독비쾌검도 진유청의 얘기가 나오자 조금은 기세가 꺾이고 얌전해진다.

독비쾌검의 손자인 사견이 그의 덕분으로 하오문주와

인연을 맺어 목숨을 부지할 수 있게 됐고, 잘하면 무공도 익힐 수 있게 될지 모른다는 얘기를 저번에 전해 듣게 된 것이다.

"이모님, 이게 어찌 된 일이에요?"

모용운지는 갑작스런 일에 정신이 없어 사란에게 되물었다.

"하오문이 어떤 곳인지는 알고 있지? 천하의 밑바닥 사람들이 서로를 지켜 주고 스스로를 보호하기 위해 만든 곳이다. 하니, 분 냄새를 풍기는 아름다운 꽃이기에 꺾이기 쉬운 기녀들도 자연스레 하오문의 일원이 된 이들이 많았지."

사란 자신의 이야기다.

"어? 우리는 산적인데. 그리고 여러분께서 말씀하시는 그 소신선이란 분, 우리 두목님하고도 인연이 있으십니다."

철용은 저들의 이야기가 길어질수록 자신의 불쌍한 두목님과 일행이 성 밖에서 불안해하며 떨고 있을 시간이 길어진다는 걸 알기에 눈 딱 감고 질렀다.

그런데.

"하하하! 어찌 이런 일이. 천하에 진 공자의 손이 닿지 않은 곳이 없구만. 산적이라니. 이 노인네에겐 과자를 쏙쏙 뺏어 드시더니만 자네들에겐 무얼 주고 무얼 가져가셨는가?"

"그, 그건…… 두목님께 들으셔야 하지 않을까요?"

철용이 멀리 벅벅 긁자 하노가 피식 웃으며 고갤 끄덕였다.

맞는 말이다.

모용운지를 구해 준 이들부터 돕고 그다음 얘기를 이어감이 옳다. 게다가……

하노가 사란에게 눈짓을 하자 그녀도 알고 있다는 듯 작게 고개를 숙여 보였다.

현 무림의 상황이 너무나 심상치 않았으니 그중 가장 중요한 일과 연관된 이가 여기에 있지 않은가?

모용운지.

그녀의 행방에 대해 최대한 빨리 진유청에게 알려야 했다.

그리고 광서 계림부 용반산에 무림을 뒤흔들 보물이 숨겨져 있다는 소문이 퍼진 지 얼마나 됐다고, 곧 무림맹에서 그것을 음모로 규정하고 천하 무림인들이 용반산에 가는 걸 막으려 들겠지만, 과연 그게 정의를 위해서인지.

그들, 무림맹이야말로 은밀히 용반산으로 가서 보물을 독차지하려 드는 건 아닌지 하는 이야기가 퍼지고 있었다.

동심회를 알고 진유청을 아는 이들은 그들이 보물에 관

심이 없다는 걸 안다.

그럼에도 그들이 그곳으로 간다면, 천하 무림인들이 보물에 눈이 어두워 용반산에 들어갔다 다툼이 일어 피를 흘리지 않을까 걱정돼 그것을 막기 위해서일 테고.

또 다른 이유가 있다면, 아마도……

"운지야, 혹시 너 말고도 납치된 이들이 있었느냐?"

금오상단의 이야긴 하오문에도 은밀히 정보가 입수돼 있었다.

다만 워낙 은밀히 사라져 뒤늦게 알게 된데다, 금오상단은 무림을 이분하고 있는 무림맹의 핵심인 동심회의 전력이 아닌가.

하오문이 함부로 캐 볼 수 있는 곳이 아니다.

금오상단과 연계된 다른 상단들이 그들의 부재에 대해 눈을 감고 귀를 막은 것과 비슷하면서도 다른 이유라고 할 수 있었다.

"네. 아마 하남에 남아 있던 무공을 모르는 식솔들과 금오상단이…… 혜아가…… 위험에 처한 거 같아요."

"……혜아면, 단리혜? 그…… 단리혜?"

사란이 두 번이나 확인한다.

"네. 제 동생 같은 아이고, 훗날 정말 그렇게 될 아이라…… 저만 혼자 안전한 곳에 이렇게 있는 게 사실 너무나 미안해요."

모용운지는 울지 않았다.

그녀는 만약 혜아를 구하고 자신이 남아야 했다면 조금도 주저하지 않고 그리했으리라고, 그 마음엔 단 한 점의 거짓도 없다고 생각했으니까.

"어서 저 청년의 두목이란 이를 불러와야겠네. 사정을 듣고, 적들에 대해 이야기를 나눈 뒤 진 공자님께 가는 게 좋겠어."

하노가 말했다.

무림의 혼란에 하오문만 혼자 멀쩡할 수는 없는 일.

예전 무림맹은 하오문을 무림 문파로도 취급해 주지 않았으나, 지금은 그러지 않을 걸 안다.

그렇다면 무림인으로써 무림을 위한 일을 하오문도 자신의 역할을 한 번쯤 제대로 해야 하지 않겠나?

그것으로 자신의 후대는 무림에서 조금은 더 자기들의 자리를 내세울 수 있으리.

저 진유청과 함께 있으면서 최선을 다하면, 분명 원하는 게 이루어지리라고 하노는 믿었다.

"저도 함께……."

"모용 소저는 여기 청아루주와 함께 몸을 피해 있는 편이 좋겠네."

어느 사내가 위험한 곳에 자기 여자를 데리고 가고 싶겠나.

게다가 도움이 되기보단 방해가 될 게 뻔했다.

"그래라. 계집이 끼어들어 좋을 일 없다. 철면검객과 진 공자님껜 얘기를 전하도록 할 테니 걱정 말고."

사란에게 하는 말인지 모용운지에게 하는 말인지 묘하게 시선을 뒤섞은 독비쾌검으로 인해 두 여인의 미간이 찡그려졌으나 당장은 그런 걸로 기분 상해할 때가 아니니……

"제가 난호표국으로 가서 표국주님께 부탁해 밖에 있는 사람들을 표사로 위장해 들일 방법을 찾을 테니, 잠시만 기다려 주세요."

난호표국주는 사란이 죽으라면 죽는 시늉이 아니라 정말 죽고 말 위인인지라 그녀가 이 일을 그에게 부탁한다는 얘기에 하노는 반대하지 않았다.

사란이 방을 나서자 하노가 모용운지에게 진유청에 대해 묻는다.

모용운지는 자신이 진가장에 머물며 가장 많이 들었던 진유청의 어린 시절에 대해 얘기를 풀어 놓았다.

웃으며 때로는 독비쾌검조차 눈물을 슬쩍 눈물을 찍어내며 얘기에 집중했지만 마음 한구석이 불안해 바람이 슴덩슴덩 들어왔다 나가는 거 같은 기분이 드는 건 어쩔 수 없었다.

"조심해서 다녀오세요, 어르신들."

소림과 무당, 그리고 개방의 주인이 각자 세 무리로 나뉘어 무림맹을 나서자 진유청은 외성 정문까지 배웅을 나갔다.

"그래, 유청이 너야말로 불귀곡까지 조심해서 갔다 오너라. 올 때는 꼭 혜아와 함께 와야지, 아니면 우리가 먼저 도착해 문도 열어 주지 않을 테다."

껄껄 웃는 상개에게 진유청이 아무 반발 없이 고개를 끄덕이며 말했다.

"어르신들께서도 아무 상처 없이 잘 오시지 않으면…… 어르신들의 분신이라 할 수 있는 세 분의 안전을 보장하지 않겠어요."

"오오, 유청아. 그 얘기 절대 잊지 말거라!"

신나하는 건 상개뿐이다.

청운자 괴롭히는 건 자기 혼자만의 재미라 생각하는 청기자나 목인을 괴롭히는 게 즐거울 리 없는 목영은 별다른 반응을 하지 않았다.

하니 자연 우울해하는 것도 홍개뿐.

왠지 자신의 방주라면 안 다쳤으면 오는 동안 어디 한군데 상처를 만들어서라도 올지 몰랐다.

"알았으니까 조심하셔야 해요. 혈사방주는 지금 무림맹 휘하 중소 가문과 문파에서 시작해 일반 백성들까지 건드리면서 우리에게 책임을 묻고 있어요. 혈사방주처럼 말도 안 통하는 무서운 짐승하고 상대하느니 당하는 사람들 입장에선 말도 통하고 어느 정도 책임을 느낄 게 분명한 우리를 욕하는 게 낫다고 여길 게 당연해요."

그렇게 되면 결국 무림맹이 상처를 입게 되고 그건 고스란히 자신들에게 전해질 것이다.

게다가 현재 불귀곡 보물에 관한 이야기가 천하에 파다하게 퍼져 있으니 용반산으로 향하는 게 무림인들만은 아닐 터.

일반 백성들은 하나, 하나 다 다른 뜻을 갖고 움직이고 개인차도 크니 그들을 통제하는 건 무림맹 휘하 단체를 상대하는 것과는 비교도 할 수 없을 만큼 어려워 막는 것도 구하는 것도 쉽지 않을 테고.

무림맹 휘하의 단체들은 동심회를 믿으려 하겠지만 모두가 같은 마음을 품을 수는 없을 테니 이탈자가 나올 가능성도 염두에 두어야 한다.

"노린 거라면 완전 성공했네."

자신들의 전력 중 가장 강하고 의지가 되는 어르신들이 멀어지는 모습에 진유청이 손을 흔들며 중얼거렸다.

무림인도 사람이다. 일반 백성들이 그토록 죽어 나가 천하의 원성을 사면 우리는 어찌 될까?

일반 백성들이 무림인에게 증오를 품고 그 존재를 부정

할 때, 황제가 무림인들을 처단한 뒤 백성들에게 너희 개개인 간에는 서로의 무력(武力)이 아닌 나라의 법(法)으로 잘잘못을 따져야 하며 황제가 그것을 보장한다고 외친다면?

백성들은 열렬히 환영하겠지, 아마.

“대체 황태자 전하는 뭘 하시는 거야? 쓸모가 없네, 쓸모가.”

자신들에게 힘든 거 다 미뤄 놓고 나중에 단 엿이나 쪽쪽 빨아 드시려고 하는 건 설마 아니시겠지?

황태자는 분명 그러고도 남을 사람이란 건 알지만, 그렇게 둘 황제가 절대 아니란 것 또한 알기에 진유청은 그냥 넘어간다.

황궁에선 황궁 나름의 암투가 있을 테고, 그건 오로지 황태자만이 할 수 있는 일인지라 어쩔 수 없는 거다.

해낼 거라 여기고, 맡겨 두는 수밖에.

다만 일이 이렇게 된 이상은 이청강과 나채환이 문제.

그 둘은 황제의 사람이니까.

“……채환이 녀석, 나한테 빚 하나 있는데.”

진유청은 별진무로 나채환이 초린대를 이끌고 무림맹에 돌아왔을 때 자기 수하들에게 자신들 이야기를 하다 권오현의 아픈 기억까지 불어 버렸단 걸 눈치챘지만 한 번 봐주었던 적이 있었다.

아쉽군.

만약 채환이가 오현이의 이야기를 천하 각지에 대고 떠들었다면 빚이 수십 수백 개가 돼서 잘 구슬려 볼 수도 있을 텐데 말이다.

물론, 그전에 오현이에게 죽겠지만.

자신이든 나채환이든 아니면 둘 다든 간에.

"들어가자. 우리도 준비해야지."

진이현은 사람들이 안으로 들어감에도 뭔가 골똘히 생각하느라 가만히 서 있는 진유청의 어깨에 손을 올렸다.

"네, 형님."

진유청이 대답한다.

이제, 끝이 다가왔다.

진가장 혈사가 지나가고 불귀곡 혈겁이 눈앞에서 터지지 않았나.

자신들은 불귀곡으로 갈 것이다.

어떤 지탄을 받고 오해 속에 허우적거리게 될지라도 그들이 거기 있다면, 우리는 가야만 한다.

그리고 가서, 과거 생애와 같은 엄청난 일이 일어나지 않도록 막아야지.

"진짜, 본전을 뽑는구나."

진유청이 하늘을 힐끔 올려다보며 중얼거렸다.

저건 정말, 사람 하나 다시 살려 놓은 거 치고는 너무 많은 걸 바랐다.

"네? 유청이가요?"
"그렇다는구나. 한수야, 그만 나오렴. 이번엔 우리가 도와야 하지 않겠느냐?"
드드득.
폐관 수련을 하기 위해 닫아걸었던 문을 열고 나온 정한수는 환한 빛이 눈이 부신지 손등으로 그늘을 만들었다.
"어디서 연락이 온 겁니까?"
정한수가 묻자 소운찬이 편지를 내밀었다.
"하오문에서 가져왔다."
"하오문이요?"
"그래. 우리만이 아니라 유청이와 관련이 있는 곳은 모두 같이 움직이자고 하는 거 같더구나."
"흐음."
부스럭거리며 편지를 꺼낸 정한수가 편지를 읽어 내린다.
진유청의 무림이라. 녀석의 가족이라, 그의 세상이라.
물론, 정한수 자신도 한패다.
"준비하겠습니다, 장문인."
정한수의 대답에 소운찬이 안도하여 고개를 끄덕였다.
대장로 악기태와 대사형인 전용후로 인해 한수의 마음

에 쩍쩍 간 금이 다시 붙지 않을까 봐 얼마나 노심초사했던가.

해서 소운찬도 참 많은 노력을 했었다.

"이게 뭡니까, 장문인?"

"화산의 앞날을 위해 꼭 필요한 거라고 해서……."

"누가 말입니까?"

"장로인 언인영이……."

"아아."

그 사람.

그 이름과 함께 화산의 입구부터 중앙 전각까지 깔려 있는 대리석을 보는 순간 폐관 수련으로 다스렸던 마음이 다시금 흔들릴 뻔했지만 정한수는 꾹 참았다.

언 장로의 조카인지가 아마 이와 관련된 장사를 했었지?

"이번 일정에 언 장로님과 꼭 동행을 해야 할 거 같으니 준비하라고 전해 주십시오."

정한수가 말했다.

"좋은 생각이다. 언 장로가 한수 네가 없는 동안 이런 저런 일을 하며 고생을 많이 했으니 화산 내부 사정도 살필 겸 곁에 두고 얘기를 많이 나누어 보거라."

장문인의 말에 정한수의 얼굴이 어두워졌다.

이것만이 아니란 건가?

또 무슨 짓을 벌였을지 고민됐기 때문.

어쩌면 둘이 가서 혼자 오는 상황이 생길지도 몰랐기에, 한수는 화산 내부의 일에 대해선 아무래도 다녀온 이후 들어야겠다고 생각했다.

"하오문에서 무림맹에도 연락을 했을 테지?"

정한수는 무림맹이 있는 방향으로 시선을 돌렸다.

보이진 않지만 느껴진다.

이번엔, 자신이 손을 내밀 차례였다.

〈『귀환! 진유청!』 제17권에서 계속〉

http://www.bbulmedia.com

BBULMEDIA